Arenz | Der große Sommer

Lektüreschlüssel XL

für Schülerinnen und Schüler

Ewald Arenz

Der große Sommer

Von Sven Jacobsen

Reclam

Dieser Lektüreschlüssel bezieht sich auf folgende Textausgaben:
Ewald Arenz: *Der große Sommer*. Roman. Köln: DuMont, [6]2023.
Ewald Arenz: *Der große Sommer*. Stuttgart: Klett, 2024.

Lektüreschlüssel XL | Nr. 15557
2024 Philipp Reclam jun. Verlag GmbH,
Siemensstraße 32, 71254 Ditzingen
Druck und Bindung: Esser printSolutions GmbH,
Untere Sonnenstraße 5, 84030 Ergolding
Printed in Germany 2024
RECLAM ist eine eingetragene Marke
der Philipp Reclam jun. GmbH & Co. KG, Stuttgart
ISBN 978-3-15-015557-8

www.reclam.de

Inhalt

1. Schnelleinstieg

Autor	Ewald Arenz (geb. 1965), deutscher Schriftsteller
Gattung	Roman
Epoche	Literatur der Gegenwart
Veröffentlichung	März 2021
Werkaufbau	41 Kapitel; äußerer Erzählrahmen mit Binnenhandlung
Ort und Zeit der Handlung	Sommer 1981
Rezeption und Adaption	Der Roman wurde bereits im Erscheinungsjahr zum Bestseller und schnell mit Auszeichnungen gewürdigt. Es folgte eine Hörbuchfassung; eine Verfilmung ist angekündigt.

Ab wann ist man erwachsen?

Ab wann fängt man an, erwachsen zu sein? Eine verbindliche Antwort wird es nicht geben, wohl aber im Rückblick auf das eigene Leben Momente, Ereignisse oder Erfahrungen, die entscheidend zum Erwachsensein beitragen.

Inhalt des Romans

Kurz vor der schönsten Zeit des Jahres im Leben jedes Schülers – den Sommerferien – stehen für Friedrich Büchner die Dinge reichlich schlecht. Die Versetzung in die 10. Klasse ist so gut wie aussichtslos, was den Abgang von der Schule ohne Abschluss bedeutet. Anstatt mit der Familie in den Sommerurlaub zu fahren, ist verschärftes Lernen für die alles entscheidenden Nachprüfungen angesagt. Kein anderer als der strenge Großvater, den Friedrich erst seit wenigen Jahren nicht mehr siezen muss und der jeden Tag in aller Herrgottsfrühe ein Eisbad nimmt, wird das kontrollieren. Und nicht nur das: Das schönste Mädchen, das Frieder je gesehen und nur kurz gesprochen hat, wohnt irgendwo in der Stadt und Frieder hat keine Ahnung, wo das sein könnte. Dass nun vieles ganz anders kommt, als es Frieder für möglich gehalten hat, liegt an einem Crashkurs des Lebens, den Frieder in den Sommerferien durchmacht und an dessen Ende er ahnt, was es heißt, erwachsen zu werden.

Erste Einschätzungen

Der Roman *Der große Sommer* wurde im Jahr 2021/22 zum Bestseller. Es scheint mit Blick auf die Rezensionen und Bewertungen in der Presse und in Buchhandelsketten, dass es ein vom Alter her gemischtes Publikum ist, das den Roman gelesen hat. Darunter sind auch ältere Erwachsene, die sich mit der Geschichte des 16-jährigen Protagonisten Friedrich auseinandersetzen, weil sie sich in vielem wiedererkennen. Der Roman thematisiert die bedeutenden Erfahrungen des Lebens, wie die erste große Liebe, das Ringen um eine gute Ausbildung, den Wert fester Freundschaften und schmerzlichen Verlust. Auf eine unaufdringliche Weise wird das klassische Genre der Entwicklungs- und Bildungsromane aufgegriffen. Dieser Lektüreschlüssel wird versuchen, den Roman und seine Handlung zu analysieren, die Rezeption zusammenzufassen und Deutungen anzubieten.

2. Inhaltsangabe

1

An einem schönen Sommertag lässt der Ich-Erzähler Friedrich Büchner in der Lateinstunde lieber den Gedanken freien Lauf, denn diese Stunde hält nichts Gutes bereit, wie er ahnt. Der Lateinlehrer bespricht mit quälender Ausführlichkeit die entscheidende Klassenarbeit. Und so denkt Friedrich an den Sehnsuchtsort Rio de Janeiro, wohin seine Freunde und er am liebsten entfliehen möchten, oder schreibt mit seinem Sitznachbarn Johann wie üblich unzählige Nullen in ein Heft. Schließlich teilt der Lehrer die Arbeiten aus. Während um Friedrich herum viele erleichtert aufatmen, nimmt Friedrich eine Sechs entgegen, die eine miese Zeugnisnote zur Gewissheit werden lässt. Da er auch in Mathematik eine Fünf haben wird, kann ihn höchstens noch eine Nachprüfung am Ende der Sommerferien retten. Frustriert faltet er aus seiner Klassenarbeit einen Papierflieger.

■ Schlechte Nachrichten

2

Frieder sucht als Erwachsener auf dem Friedhof ein bestimmtes Grab. Dabei denkt er an den besonderen Sommer in seiner Schulzeit zurück und hofft, dass jeder einen derartigen Sommer erleben möge.

■ Der äußere Erzählrahmen

Die Nachricht von der schlechten Note hat für Friedrich zunächst keine Konsequenzen. Er ist im Freibad. Sein Vater hat angedeutet, dass man sich etwas über-

■ Warten auf die Konsequenzen

legen werde, was Friedrichs Erfahrungen nach aber kein Anlass zur Sorge ist. Bei seiner Mutter sei das anders. Das Wetter ist schlecht, was Friedrich besonders mag, weil er dann nahezu allein im Freibad ist. Friedrich hat sich vorgenommen, im Laufe des Sommers vom Zehnmeterturm zu springen. Er ist nun beim Siebeneinhalbmeterbrett angelangt und bereitet sich auf den Sprung vor. Die Höhe lässt ihn zögern, und er möchte den Versuch abbrechen.

Das schönste Mädchen

Da wird er von einem schönen Mädchen angesprochen. Es bietet ihm an, mit ihm zusammen den Sprung zu riskieren. Beide sind jedoch wegen der Höhe eingeschüchtert und wollen lieber auf das Fünfmeterbrett zurücksteigen. Plötzlich rennt das Mädchen mit den Worten, dass dies nicht gehe, los und springt. Friedrich, der sich nicht blamieren will, springt ohne weiter nachzudenken hinterher. Beide kommen ungünstig auf dem Wasser auf und tun sich weh, müssen aber erleichtert lachen. Sie stellen sich einander vor.

3

Friedrich ist wieder daheim. Seine große Familie mit sechs Kindern erzeugt permanent Geräusche, die je nach Stimmungslage wunderbar oder auch störend sein können. Friedrich muss unentwegt an Beate denken. In seinem Zimmer versucht er sich mit Musik abzulenken, als er von der Mutter gebeten wird, zum Abendessen zu erscheinen, weil etwas zu besprechen sei. Friedrich ahnt Schlimmes wegen der vermasselten Lateinarbeit und erfährt, dass er in den Sommerferien nicht mit in den Urlaub fahren werde, sondern sich bei seinem strengen Großvater auf die Nachprüfung in Mathematik und Latein vorbereiten solle, da ein erneutes Sitzenbleiben den Abgang von der Schule ohne Abschluss bedeute. Friedrich ist schockiert, weil er vor seinem Großvater im Gegensatz zu seiner Großmutter Nana regelrecht Angst hat.

Weitere schlechte Nachrichten

4

Friedrichs bester Freund Johann kann nicht glauben, dass Friedrich es versäumt hat, Beate nach ihrer Adresse zu fragen. Nun stehen die beiden in einer Telefonzelle und sehen die lange Auflistung der Familien mit dem Namen Endres durch.

Wo wohnt Beate?

In der Schule sind die letzten zwei Wochen vor den Sommerferien angebrochen, in denen es zäh zugeht. Nur die strengsten Lehrkräfte wie die Französischlehrerin halten noch anspruchsvollen Unterricht ab. Friedrich ist geistig abwesend, weil er sich überlegt, welche Adresse wohl die richtige sein könnte.

Die letzten Schultage

5

Es ist Pause und Friedrich unterhält sich mit Johann. Die Gedanken kreisen um die große Gefahr, das Versetzungsziel nicht zu erreichen, aber besonders kann Friedrich sich nicht an den Gedanken gewöhnen, sei-

Pausengespräche

ne gesamten Sommerferien beim Großvater zu verbringen. Beide denken auch darüber nach, was das Leben wohl noch bieten wird, als schließlich Friedrichs Schwester Alma hinzukommt und sich am Gespräch beteiligt. Sie ist ein Jahr jünger als Friedrich. Die drei sind gute Freunde und können über alles reden.

6

Albernheiten statt Lernen

Friedrich weiß, dass es klug gewesen wäre, wenn er in den letzten beiden Schulwochen mit dem Lernen für die Nachprüfung angefangen hätte, aber er betrachtet diese Zeit als seine eigentlichen Ferien. Von der Zeit bei seinem Großvater erwartet er nichts als Lernstress. Zusammen mit Alma hat er für das Sportfest in der letzten Schulwoche eine Überraschung in Form eines Transparents gebastelt. Sie radeln zur Aschenbahn der Schule und treffen auf Johann, der neugierig auf das Transparent ist. Das ungeliebte Sportfest in der Sommerhitze lässt Friedrich über die unterschiedlichen Fächer und Lehrkräfte nachdenken.

Wichtige und unwichtige Fächer

In den Augen der Schülerschaft genießen die Latein- und Griechischlehrer das höchste Ansehen, während Sport am Ende der Skala rangiert. Entsprechend begrüßen die drei Freunde den Sportlehrer auf eine provozierend flapsige Weise. Der reagiert schlecht gelaunt und verkündet Friedrichs und Johanns Startzeit zum 100m-Lauf. Friedrich blickt sich um und sieht auch den Mathematiklehrer Schwarz, vor dessen kühler Beherrschtheit und Fachkenntnis er großen Respekt hat. Immerhin hat er Friedrich eine letzte Chance gegeben, sodass er zur Nachprüfung zugelassen ist.

Als Friedrich und Johann zum Start des 100 m-Laufs aufgerufen werden, legen sie das vorgefertigte Transparent zurecht, das sich während des Sprints aufspannt und den Schriftzug »Sport ist Mord« erkennen lässt. Unter großem Gejohle der ganzen Schule laufen beide durch das gesamte Stadion. Den fälligen Verweis stecken sie grinsend ein, weil sie unter anderem wissen, dass der Mathematiklehrer Schwarz diese Aktion insgeheim großartig findet.

■ »Sport ist Mord«

7

Der erwachsene Friedrich denkt an den Sommer zurück, der alles in die Wege leitete, was ihm wichtig ist. Er denkt auch an den Tod und seinen eigenen denkbaren Grabstein.

■ Der große Sommer

8

Zu dritt stehen Alma, Johann und Friedrich in einer heißen Telefonzelle und telefonieren alle Familien mit dem Namen Endres ab. Die ersten Versuche fallen ungeschickt aus, sodass Alma übernimmt und auch Friedrich nach ihrem Vorbild einfallsreicher wird. Plötzlich hat Friedrich Erfolg; Beates Mutter meldet sich und sagt, Beate sei noch in der Schule. Triumphierend kann Friedrich die Adresse markieren und alle gehen in der Stadt in ein Café. Doch nun ergibt

■ Auf der Suche nach Beate

sich die Schwierigkeit, wie der unerfahrene Friedrich Beate eigentlich ansprechen oder wie er ihrer Mutter gegenübertreten sollte. Dies lässt alle über die Liebe nachdenken.

9

Der letzte Tag vor den Ferien ist angebrochen. Friedrich ist wehmütig. Ihm wird bewusst, dass er an diesem schönen Sommermorgen womöglich zum letzten Mal zur Schule fährt. Er macht einen Umweg über das verwinkelte Gelände einer stillgelegten Brauerei und nimmt alle Details der Umgebung bewusst wahr.

■ Wehmütige letzte Schultage

Vor der Kirche, in der die Schulen den Gottesdienst des letzten Schultages abhalten, sieht er unerwartet Beate und spricht sie verschüchtert an. Die Zeit im Gedränge reicht gerade einmal für ein kurzes Gespräch mit der abschließenden Bemerkung, dass sie sich ja vielleicht in den Ferien sehen könnten.

■ Zufallsbegegnung

10

Familie Büchner ist im Aufbruchsstress. Die ganze Familie packt ihre Taschen in den überladenen Kleinbus und Friedrich diskutiert mit seiner Mutter, dass er am liebsten mit dem Rad zum Großvater fahren möchte, anstatt dort abgesetzt zu werden. Es fällt allen schwer, sich zu trennen.

■ Abschied von der Familie

11

Ankunft beim Großvater

Auch für Friedrich geht es los; er radelt schweren Herzens zum Großvater. Eilig hat er es nicht, was ihm Zeit lässt, über philosophische Fragen nachzudenken. Schließlich kommt er an und wird von seiner Großmutter Nana herzlich empfangen. Die Mitteilung, dass auch der Großvater Walther sich freue, beantwortet Friedrich in Gedanken mit dem Vergleich eines Löwen, der sich auf seine Beute freut. Friedrich nimmt auf dem Weg ins Wohnzimmer die vielen Bilder wahr, die Nana gemalt hat.

Das Ferienprogramm

Im Wohnzimmer wird er von Walther mit festem Händedruck begrüßt und ohne weitere Umschweife auf den Tagesablauf in den Ferien hingewiesen. Friedrich solle seine Sachen in sein Zimmer bringen und an den Vormittagen von acht bis zwölf Uhr lernen. Walther trägt einen Ärztekittel. Auf Friedrichs Frage, ob er noch in die Klinik müsse, bekommt er den Hinweis, dass ein Samstag ein Arbeitstag sei, auch wenn die Schulen geschlossen wären. Am besten fange Friedrich gleich mit dem Lernen an.

Herzliche Gespräche

Als Walther gegangen ist, wird Friedrich von Nana in sein Zimmer geführt. Im ersten Stock hängen auch viele Bilder; in Friedrichs Zimmer befinden sich viele Bücher. Er fragt Nana, ob sie mal als Künstlerin berühmt gewesen sei. Sie antwortet, dass sie in ihrer Zeit an der Akademie dachte, es werden zu können, aber recht früh Mutter wurde. Friedrich und Nana sprechen über die Vergangenheit, wobei Friedrich ein Bild seiner damals sechzehnjährigen Mutter auffällt, die sehr schön war. Auch Nana ist mit ihren 57 Jahren immer noch eine schöne Frau, wie Friedrich feststellt. Nanas beiläufige Bemerkung, dass Walther die große Liebe gewesen sei, die alles veränderte, und Liebe in ihrer Familie ohnehin Glück und Katastrophe zugleich bedeute, lässt Friedrich an seine eigene Lage denken.

12

■ Friedrich ist aufgewühlt

Friedrich ist innerlich aufgewühlt. Die Lernerei macht ihm keine Freude, er versteht den Stoff nicht recht. Er kann sich nicht konzentrieren, da er sich mit dem Weg zu Beates Wohnung beschäftigt. Nach einem herrlichen Mittagessen, das stets zur gleichen Zeit eingenommen wird, weil Walther mit der Präzision eines Schweizer Uhrwerks heimkommt, bricht Friedrich auf. Auf dem Weg blickt er aufmerksam umher, beobachtet die Vögel und die Bäume. Er riecht plötzlich frische Lebkuchen und kommt an einem Werk und den frischen Auslagen des Werksverkaufs vorbei. Schließlich kommt er bei Beate an. Er klingelt und wird eingelassen.

■ Besuch bei Beate

Die Tür steht offen, weil Beate eine Freundin erwartet; mit Friedrich hat sie nicht gerechnet. Sie scheint sich aber zu freuen, ihn zu sehen. Der verlegene Junge überreicht ihr eine Packung Lebkuchen, die er vorgibt, im Werksgeschäft der Fabrik für Beate gestohlen zu haben, weil keine Bedienung aufgetaucht sei. Beate teilt Friedrich mit, dass sie nicht viel Zeit habe, aber gerne mit ihm kurz spazieren gehen wolle.

Für Friedrich ist dieser erste gemeinsame Spaziergang wie ein Traum, und er kann sich nicht an alles erinnern, was sie gesprochen haben. Zusammen laufen sie hinter einem Sprengwagen her, der die ausgetrockneten Straßen befeuchtet und beide durchnässt. Der Anblick von Beates Beinen im nassen weißen Kleid verschlägt Friedrich den Atem. Schließlich kommen sie zu einer versteckten Stelle an einem Fluss, wo Beate gerne badet. Sie lädt Friedrich ein, bald mit ihm dort schwimmen zu gehen. Das erste Treffen beendet Beate mit der Entschuldigung, dass die Freundin vermutlich schon lange auf sie warte. Sie lächelt, als sie Friedrich erneut fragt, ob er den Lebkuchen für sie geklaut habe, und er das bejaht.

■ Friedrich im Glück

13

Abends sitzen Friedrich und Nana auf dem Balkon und genießen den Sommerabend. Walther musste nochmals in die Klinik. Friedrich beobachtet Nana beim Zeichnen, und nach den Erlebnissen des Tages fragt er sie, ob sie und Walther einander lieben. Nana ist überrascht, antwortet aber offenherzig, dass sie es sehr tat und wohl noch immer tue. Für Friedrich ist es kaum vorstellbar, dass ein so kühl wirkender Mann zur Liebe fähig sei. Nana meint, Friedrich solle doch Walther selbst fragen. Sie reicht Friedrich die Porträtzeichnung von ihm, der sich nicht wiedererkennt. Na-

■ Gespräche über die Liebe

na erklärt ihm, dass er so wohl in einigen Jahren aussehen werde und der Charakter das Gesicht forme.

Ein Rückblick Nanas

Dann erzählt sie, wie sie Walther kennen und lieben lernte, als sie 1948 mit einer schweren Erkrankung in der Klinik lag und am ersten Morgen ein Arzt in seinem Kittel bei ihr eintrat. Damals habe für sie festgestanden, dass dieser Mann der Einzige und Wahre sei. Sie witzelt, Friedrich könne ja selbst einmal einen Arztkittel anziehen, wenn es darauf ankomme. Der möchte mehr wissen, wird aber mit dem Hinweis vertröstet, er möge doch Walther selbst fragen. Nana meint, nur in der Liebe gebe es das Nebeneinander von zutiefst quälender Verzweiflung und größtem Glück; Krankheit und Heilung in einem. Sie wünscht ihrem »Frieder«, wie sie Friedrich liebevoll nennt, eine gute Nacht und sagt ihm, es freue sie, dass er bei ihnen sei. Friedrich stimmt ihr glücklich zu.

14

Spontanes Examen

Walther hält eine seiner typischen Unterweisungen und Prüfungen ab, die sich in Gesprächen nebenbei ergeben. Er fragt Frieder nach dessen Vorlieben in der klassischen Musik und nach Prokofjew. Der ist sich im Klaren, dass es eigentlich nicht möglich ist, den gebildeten Großvater zu täuschen, dem es in den Gesprächen in erster Linie darum geht, Friedrichs Kenntnisstand zu ermitteln und Impulse zu geben. In den Tagen zuvor waren unterschiedliche Bildungsgebiete wie Literatur an der Reihe.

Im Bereich der Literatur hat Frieder sich seiner Meinung nach bewährt, weil er ein Vielleser ist. Frieders Antwort zu Prokofjew scheint Walther nicht zu überzeugen. Er holt eine Schallplatte hervor und spielt Prokofjews »Peter und der Wolf« ab. Er meint, das Einfache sei manchmal das Schwerste.

Gut in der Literatur

Unvermittelt bietet ihm Walther an, sich etwas Taschengeld mit einem Job als Bote im Institut zu verdienen. Frieder bittet um etwas Bedenkzeit und zieht sich nach dem Abräumen des Geschirrs zurück. Er denkt an Beate und muss das Haus verlassen, um sich abzulenken. Er beschließt, seinen Freund Johann aufzusuchen. Vor dem Haus trifft er den Fahrer von Johanns Vater, der den herzkranken Vater bei seiner Arbeit als Banker fährt. Sie unterhalten sich kurz und Frieder geht ins Haus, wo er Zeuge eines handfesten Familienstreits wird.

Ein Ferienjob für Frieder

Der Vater ist außer sich, dass Johann Geld aus der Familienkasse gestohlen hat, obwohl er seiner Meinung nach reichlich Taschengeld bekomme. Die Mutter versucht den wütenden Vater zu beschwichtigen, aber der erteilt Johann Hausarrest. Frieder folgt Johann in dessen Zimmer, wo sie Musik hören und sich unterhalten. Johann eröffnet ihm, dass er das Geld stahl, weil er sich heimlich Tabak kaufe. Sie denken über ihre Eltern nach. Johann fragt sich, ob er die falschen Eltern habe, was Friedrich zu weit geht. Friedrich erzählt von Beate und Johann schlägt vor, dass sie sich alle in der Nacht heimlich vor dem Schwimmbad treffen.

Johann hat Streit

15

Wo ist das Grab?

Der erwachsene Frieder denkt über die faszinierende Atmosphäre des Friedhofs nach. Er hat das gewisse Grab noch nicht gefunden.

Walther hilft

Frieder versucht, die Integrale der Mathematik zu verstehen. Walther sieht ihm über die Schulter und fragt ihn, was er da eigentlich treibe, weil ihm auffällt, dass Frieder mechanisch arbeitet und den Zweck der Integralrechnung nicht versteht. Er lässt ihn ein Efeublatt zeichnen und erklärt Frieder damit anschaulich das mathematische Problem. Er ermahnt Friedrich, stets nach dem Sinn hinter Operationen zu suchen, weil nur das Wissen um den Zweck die ganze Arbeit mit Leben erfüllt. Frieder fängt nach dieser Lektion an zu verstehen. Nach dem gemeinsamen Essen begleitet Frieder den Großvater ins Institut.

Gespräch über Walthers Karriere

Frieder fragt Walther, wie er Professor geworden ist. Der Großvater erzählt, er habe sich in der NS-Zeit auf das Fleckfieber spezialisiert. Den Durchbruch in der Forschung habe allerdings ein jüdischer Arzt gebracht, wie der Großvater in einer ironischen Kritik am NS-Regime ausführt. Sie kommen im Bakteriologischen Institut an, an dessen Portal Friedrich mit Ehrfurcht den Professorentitel und die Leitungsfunktion Walthers lesen kann. Frieder muss seine Hände waschen und bekommt einen Arbeitskittel ausgehändigt, auf dem sein Name eingenäht ist. Der Großvater hat wohl geahnt, dass Frieder den Job im Institut annehmen werde.

16

Frieder ruft seine Schwester Alma an, die einen Ferienjob in einem Altenheim hat. Er teilt Alma den Plan mit, sich nachts mit Johann heimlich im Schwimmbad zu treffen. Frieder muss dauernd an Beate denken. Er ruft sie ebenfalls an, um sie zu dem nächtlichen Ausflug einzuladen. Da Beate offenlässt, ob sie kommen wird, ist Frieder etwas niedergeschlagen.

■ Verabredung zum Schwimmen

Abends spricht er neben seiner Ferienlektüre auch mit Nana über den ersten Arbeitstag und wieder darüber, wie sie Walther kennenlernte. Nana teilt ihm mit, dass er wegen einer ernsten Erkrankung seiner Mutter bereits einmal für einige Monate bei Walther und ihr untergebracht war. Dabei habe er sich als Kind still und aufgeweckt gezeigt, sodass Walther ihn ins Herz geschlossen habe. Der Plan, dass Frieder nun bei ihnen die Sommerferien zur Prüfungsvorbereitung verbringt, sei von Walther ausgegangen. Diese Neuigkeit überrascht Friedrich. Zudem erzählt ihm Nana eine andere Kindheitsepisode, die auf Walther enormen Eindruck machte.

■ Wie Nana Walther kennenlernte

Eines Tages habe Frieder mutig einen wütenden Hund, der sich in die Räder eines Kinderwagens verbissen hatte, im Garten vertrieben, während die Erwachsenen nicht eingreifen konnten.

■ Erinnerungen: Frieder verjagt einen Hund

17

Auf dem Weg ins Schwimmbad

Frieder fährt nachts mit dem Rad zum Schwimmbad. Er nimmt die Gerüche der Natur und der Stadt in der Dunkelheit intensiv wahr. Und natürlich muss er wieder an Beate denken. Vor dem Schwimmbad kommt er als Erster an und erkennt zu spät ein Polizeiauto.

Polizeikontrolle

Er wird kontrolliert, was er mit seinen langen Haaren in Verbindung bringt. Eine vorlaute Bemerkung Frieders veranlasst die Polizisten, streng zu sein. Erst eine weitere humorvolle Bemerkung Frieders löst die Spannung, allerdings sind die Polizisten misstrauisch, was Friedrich nachts vor dem Schwimmbad zu suchen hat. Friedrich versucht sich damit herauszureden, er habe sein Portemonnaie nachmittags verloren und suche es. Nach der Frage nach seiner Adresse leuchtet ihm einer der Beamten noch in die Augen, weil sie Drogenmissbrauch vermuten. Friedrich ist angespannt, weil jeden Moment die Freunde auftauchen könnten. Schließlich fahren die Polizisten weg. Kurz darauf hört Frieder Beates Stimme. Sie hat sich hinter einem parkenden Fahrzeug versteckt und alles mitangehört.

Beate bewundert Frieder

Sie zeigt sich angetan von seinen abgeklärten Antworten. Auch Alma und Johann tauchen kurz danach auf und sie beschließen, über den Zaun zu klettern. Dabei kommt Frieder Beate nahe und ist innerlich einmal mehr aufgewühlt. Ihre Bedenken, man könne sie hören, zerstreuen sich rasch und ausgelassen ziehen sie sich gegenseitig unter Wasser. Schließlich steigen sie auch auf den Sprungturm.

Als sie zusammen vom Dreimeterbrett springen, gehen plötzlich die Lichter an und der Bademeister stellt sie wütend zur Rede. Er droht ihnen mit einer Strafanzeige. Als sich Friedrich entschuldigt, scheint der Bademeister etwas versöhnlicher zu sein, zumal er Frieder wiedererkennt, der oft auch bei schlechtem Wetter trainiert. Er bietet an, sie alle gehen zu lassen, wenn Frieder einen Kopfsprung vom Siebeneinhalber mache. Die anderen sind schockiert, aber Frieder erklärt sich bereit, weil Beate ihm anbietet, mit ihm zusammen die Mutprobe zu machen.

■ Ertappt, Ärger droht

■ Eine Mutprobe

Sie steigen mit dem Bademeister auf den Turm, der ihnen erklärt, wie sie ihre Arme halten und sich fallen lassen müssen. Als Frieder sieht, wie Beate sich vor ihm fallen lässt, tut er es auch und beide tauchen dieses Mal schmerzfrei ein. Das überwältigende Glücksgefühl nach diesem Sprung verleitet Beate dazu, Frieder zum Kuss aufzufordern, was er macht und als den Beginn eines wahrhaft großartigen Sommers begreift.

18

Eher lustlos berechnet Friedrich mathematische Funktionen. Er denkt wie üblich an Beate oder an anderes. Auch an seinen Großvater muss er denken, der für Friedrich die Disziplin in Person ist mit seinen morgendlichen Kaltbädern und seiner geradezu unheimlichen Pünktlichkeit. Auf der Suche nach einem Brief-

Nanas Tagebuch

umschlag stößt er auf ein Tagebuch von Nana aus dem Jahr 1948, in das auch Bilder und Briefe eingelegt sind. Obwohl er weiß, dass es sich nicht gehört, fängt Frieder an zu lesen und ist gefesselt von der Beschreibung der tiefen Verliebtheit Nanas. Er spricht Nana in der Küche erneut auf dieses Thema an. Sie bekennt freimütig, dass es der sprichwörtliche Blitz gewesen sei, der sie damals traf. Frieder gibt zu, sich das kaum vorstellen zu können, weil Walther so streng sei und unnahbar wirke.

Die Macht der Liebe

Nana pflichtet ihm bei, dass der Großvater jede Form von Schwäche hasse und ein egozentrischer Tyrann sei, aber gegen die Liebe könne man nichts machen.

19

Leben in der Telefonzelle

Frieder stellt fest, dass sich sein Leben in der Telefonzelle abspielt. Sooft es geht, versucht er Beate anzurufen, und ist gedanklich ohnehin mit dem Thema Liebe befasst. Etwas später besucht er Alma im Altenheim. Als er aus dem Fahrstuhl steigt, wartet bereits eine alte Frau, die nach unten möchte, aber im letzten Moment von einer Altenpflegerin davon abgehalten wird.

Unvergessene Liebe

Verwirrt muss Frieder hören, wie die alte Frau die junge Pflegerin äußerst vulgär beleidigt, weil sie nicht zu ihrem Ehemann gehen darf. Frieder mischt sich ein und wird von der Pflegerin darauf hingewiesen, dass der Ehemann bereits seit 20 Jahren verstorben sei. Frieder trifft Alma und amüsiert sich über ihre Pflegerinnentracht. Ihm vergeht aber kurz darauf das Lachen, als eine andere Pflegerin die beiden bittet, sie zu einer alten Frau zu begleiten.

Sie weist Alma auf die Anzeichen des nahenden Sterbens hin. Sie bekommen das Röcheln der Sterbenden mit und versuchen ihr zu helfen. Frieder ist erschüttert, weil es keine Verwandten gibt. Alma bemerkt, dass sie trotzdem nicht allein gewesen sei. Anschließend unterhalten sie sich und versuchen, das belastende Geschehen zu verarbeiten. Sie vereinbaren, sich später auf den Mauern des alten Kastells über der Stadt mit den anderen zu treffen.

■ Zeugen des Sterbens

20

Walther hat nichts dagegen, dass Frieder abends noch weggehen will, rät ihm aber, besser früh ins Bett zu gehen. Zur Veranschaulichung teilt er ihm ein lateinisches Sprichwort mit, das Frieder sinngemäß mit einem deutschen Sprichwort zu übersetzen versteht. Auf dem Weg zum Kastell nimmt Frieder die Vögel in der Abendstimmung wahr und muss an Beate denken.

■ Aus Fehlern lernen

Er ist etwas eifersüchtig auf seine Schwester Alma, weil Beate auf die Einladung zu diesem Abend hin nach ihr gefragt hat. Am Kastell trifft er Johann. Sie machen Witze und Johann zeigt, dass er heimlich nicht wenig Alkohol von daheim mitgenommen hat. Johann erkundigt sich nach der ersten Zeit beim strengen Großvater, worauf Frieder antwortet, dass es weniger schlimm sei als erwartet.

■ Eifersucht

Frieder wird gewissenhaft

Er lerne sogar gewissenhaft, obwohl er nicht kontrolliert werde. Frieder fühlt sich moralisch zum Lernen verpflichtet. Schließlich kommen Alma und Beate hinzu und sie verbringen einen wunderbaren Abend. Sie unterhalten sich über die Ereignisse des Tages im Altenheim, die Bedeutung des Sterbens, über die Tatsache, dass Beate ihren brasilianischen Vater nicht kennt, und ob das etwas für sie ausmacht.

Ausgelassene Stimmung

Sie trinken nebenbei den von Johann mitgebrachten Alkohol und tanzen auf der Kastellmauer. Johann, der bald mit seinen Eltern für zwei Wochen in den Urlaub fahren wird, hat keine Lust, seine Freunde zu verlassen. Alle sind sich einig, dass sie eine enge Freundschaft verbindet.

21

Frieders Laune ist an einem Tiefpunkt. Alma muss arbeiten, Johann und Beate sind verreist; die Lernerei macht unter diesen Umständen keine Freude. Lieber lenkt er sich mit dem heimlichen Stöbern in Nanas Tagebuch ab. Dabei entziffert er einen Liebesbrief seines Großvaters an Nana, was ihm angesichts von Walthers Art kaum vorstellbar erscheint. Er fragt sich, was Nana und ihn verbunden hat, da der Großvater Nanas Familie ablehnte. Später fragt ihn Walther, ob er ihn nochmals in die Klinik begleite. Den üblichen schnellen Fußweg des rüstigen Mannes nutzt Frieder für Fragen über den Beginn der Liebe mit Nana.

Tagebuch oder Lernen?

Walther erzählt über Nanas Krankengeschichte und definiert dabei Liebe in der ihm eigenen Manier als temporäre Hormonvergiftung. In der Klinik führt er Frieder in die Grundlagen der Laborarbeit ein. Danach erledigt Frieder seine Botengänge für das Institut. Wie besprochen, holt er Walther im Büro ab, das von einer gutaussehenden Sekretärin geführt wird, was Frieder zur Erkenntnis führt, dass bei Walther einfach alles stimmen muss.

■ Walther erzählt von Nana

Zu Hause allerdings wartet eine zutiefst enttäuschte Nana auf Frieder. Sie hat festgestellt, dass Frieder heimlich ihr Tagebuch liest. Sie ohrfeigt ihn.

■ Streit mit Nana

22

Der erwachsene Frieder riecht das Hydrauliköl eines Rasenmähers, was ihn an Beate und eine Katastrophe erinnert.

Danach fährt das Geschehen mit Almas wütenden Vorwürfen darüber fort, was Frieder wohl veranlasst habe, in Nanas Tagebüchern zu lesen. Er hat keine Antwort und fährt genervt zu Beate. Das Gespräch mit ihr tut ihm gut. Sie hören zunehmend vertraut Musik, brechen dann auf und schlendern durch die Stadt.

■ Alma ist empört

23

Sie treffen Walther, der zu einem Notfall in den Zoo gerufen wird, weil ein Tiger erkrankt ist und niemand Rat weiß. Frieder stellt Beate vor und so dürfen sie

■ Notfall im Zoo

ihn in den Zoo begleiten. Beate findet Walthers nüchterne Art sympathisch. Sie erreichen das Gehege des kranken Tigers, der ein tödliches Risiko für alle bleibt und betäubt werden muss.

Im Angesicht des Tigers

Als der Betäubungspfeil wirkt, hat der Großvater nichts dagegen, dass die Jugendlichen ihn in den Käfig begleiten und bei der Entnahme einiger Proben für die Laboranalysen assistieren. Kurz bevor sie fertig sind, öffnet der Tiger die Augen, sieht sie an und alle müssen den Käfig schnell verlassen. Anschließend schlendern sie noch durch den Zoo. Dabei kommt Walther auf seine Studienzeit zu sprechen und seine damaligen Träume von einer eigenen Familie. Er macht Frieder mit der Bemerkung, manchmal habe man mehr Glück mit den Kindern anderer, ein indirektes Kompliment.

24

Nana ignoriert Frieder

Nana ignoriert Frieder immer noch wegen des Tagebuchs. Frieder verstört das und er lernt mehr oder weniger konzentriert, zumal er sich freut, Alma und Beate später zu treffen. Da klingelt das Telefon. Nana nimmt ab und ruft Frieder herunter.

Johann in Trauer

Am anderen Ende ist Johann, der Frieder den plötzlichen Tod seines Vaters im Urlaub mitteilt. Frieder ist schockiert. Nana bemerkt das und nimmt ihn liebevoll in die Arme. Frieder ist erleichtert, aber er weiß, dass der Besuch später bei Johann nicht einfach wird.

25

Frieder besucht Johann. Alle stehen unter Schock und können den plötzlichen Herztod von Johanns Vater kaum fassen. Frieder und Johann verabreden sich für später mit Alma und Beate in einer Bar. Doch der Abend verläuft in gedrückter Stimmung und Johann betrinkt sich. Als Frieder später in seinem Zimmer ist, muss er an seine Familie im Urlaub denken. Er will gerade einen Brief schreiben, als Nana kommt. Sie überreicht Frieder ihr Tagebuch und sagt ihm, dass sie es ihm vererbe, weil sie gesehen habe, wie verliebt Frieder in Beate sei. Sie sprechen bei der Betrachtung der alten Bilder über Liebe und Eifersucht, denn Walthers erste Frau war eine Schönheit. Frieder ist gerührt von Nanas Geste.

■ Gedrückte Stimmung

26

Am Tag der Beerdigung kommen Friedrich und Beate verfrüht in der Kirche an. Sie sind beide verunsichert wegen der Situation und haben Zeit, die Kirche und ihre Schönheit zu bewundern. Eng aneinander stehend befühlen sie die Buntglasfenster, lauschen einem Orgelspiel und sind überwältigt von der Stille im Kirchenschiff. Schließlich kommen nach und nach die Trauergäste und die Zeremonie beginnt. Nach der Trauerfeier sprechen sie mit Johann. Er ist aggressiv gestimmt.

■ Beerdigung von Johanns Vater

27

Wieder im Schwimmbad

Einige ereignislose Tage später sind die Freunde im Schwimmbad. Es ist schwül und ein Gewitter droht. Johann holt Bier vom Kiosk, die Stimmung ist ausgelassen. Sie beschließen, vom Sprungturm zu springen. Auf einmal begegnen sie dem Bademeister, der sie nachts beim illegalen Baden überraschte. Er macht Witze, stellt sich mit seinem Vornamen vor und gibt ihnen die entscheidenden Tipps.

Gewagte Sprünge

Sie lernen ihre Ängste immer weiter in den Griff zu bekommen, werden besser beim Springen und können die Flugphase zunehmend genießen. Gegen Abend wird der Himmel dunkler, ein Gewitter droht. Sie unterhalten sich und fragen Johann, wie er und seine Mutter mit der Trauer zurechtkommen. Johann wiegelt ihre Sorgen ab und verweist auf sein eher kühles Verhältnis zum Vater. Er trinkt wieder viel Bier. Schließlich müssen sie fluchtartig nach Hause eilen, weil ein schweres Gewitter losbricht.

28

Grundsätzliche Fragen

Der erwachsene Frieder fragt sich auf dem Friedhof, ob die Toten ihr Leben haben leben können. Er begreift, dass Rio als Sinnbild für die Erfüllung im eigenen Innern vorhanden sein müsse.

Frieder erwacht frühmorgens. Unten hört er Walther diszipliniert sein Kaltbad nehmen und blättert in Nanas altem Tagebuch. Er hört etwas leise gegen die

Fensterscheibe prallen und sieht unten im Garten Johann. Johann meint, nicht schlafen zu können, und bittet Frieder um das Heft, in das sie aus Jux eine schier endlose Menge an Nullen während der langweiligen Schulstunden geschrieben haben (Kapitel 1).

Als Frieder nicht sofort weiß, wo er das Heft hat, reagiert Johann eigenartig ungehalten. Frieder geht auf die Suche und wirft Johann das Heft schließlich zu. Die beiden verabreden sich für nachmittags in einem Steinbruch, wo sie mit den Mädchen fotografieren wollen. Frieder schläft nochmal ein, wird aber von Walther wie jeden Tag um 7 Uhr geweckt. Unten im Wohnzimmer kommen sie auf den Tiger zu sprechen, der dank der Behandlung durch Walther überlebt hat. Der Zoo hat als Zeichen der Wertschätzung der gesamten Familie eine Dauerkarte geschenkt.

■ Johann wird seltsam

Frieder und der Großvater sprechen darüber, was die Heilung herbeigeführt hat, und Walther erklärt, durch Vergleiche mit ähnlichen Krankheitsbildern beim Menschen eine Medizin verabreicht zu haben, die vermutlich helfen konnte. Später fährt Frieder mit Alma zum Steinbruch. Sie albern herum und reden über Johanns seltsames Verhalten wegen des Heftes. Beim verlassenen Steinbruch treffen sie Beate. Unten wartet bereits Johann; er hat eine Aktentasche seines Vaters dabei. Er sitzt inmitten von Kreisen, die er selbst in den Boden gezeichnet hat. Er erklärt, es seien Hexenkreise, die verhindern könnten, dass seine Gedanken gelesen werden. Frieder fällt auf, dass Johann anders als sonst ist. Sie beginnen, Fotos zu machen,

■ Anwenden bringt Erfolge

für die sie sich in Szene setzen. Sie klettern auch auf einen alten Bagger.

Plötzlich stellen sie fest, dass die Fahrerkabine nicht abgeschlossen ist, und können sogar den Motor starten. Sie probieren immer weiter aus, wie sie den Bagger bedienen können, und machen waghalsige Fotos. Auf einmal springt eine Kette des Baggers ab. Frieder reißt dem Bagger beim Reparaturversuch die Hydrauliklleitung kaputt, sodass alle mit dem Hydrauliköl vollgesprüht werden. Sie wissen alle, dass sie eine teure Straftat begangen haben, und streiten, was zu tun ist. Frieder schlägt vor, dass sie bei ihm duschen könnten, weil dort gerade niemand ist. Johann, der sich seltsam benimmt, wirkt plötzlich ermattet und verabschiedet sich. Er bittet Alma noch um ein Gespräch, aber sie vertröstet ihn und er geht. Die anderen duschen bei Frieder und Alma zu Hause. Almas Laune ist denkbar schlecht, sie verlässt Beate und Frieder wütend, weil sie zur Arbeit muss.

■ Teure Sachbeschädigung

Frieder ist aufgewühlt, weil Beate nur leicht bekleidet aus dem Bad zu ihm in sein Zimmer kommt. Die beiden hören Musik und liegen zusammen auf Frieders Bett. Schließlich haben beide miteinander ihre erste sexuelle Erfahrung.

■ Ein besonderes Erlebnis

29

Nana bringt Frieder Post und sie unterhalten sich. Frieder möchte jedoch über einen Brief Nanas aus der Zeit reden, in der sie Walther heiratete. Er kann nicht begreifen, dass Nana Walthers scheinbar hartherzige Bedingungen für eine Heirat akzeptieren konnte. Nana erzählt von der Flucht im Jahr 1945. Sie mussten drei Jahre als unwillkommene Vertriebene zu viert in einer winzigen Kammer bei einer bayerischen Familie leben. Als sie Walther kennenlernte, sich beide ineinander verliebten und er ihr eine komfortable Wohnung anbot sowie die Fürsorge für ihre Verwandten, habe sie seine Bedingungen hingenommen.

■ Der Preis der Liebe

Es habe sich mit ihm richtig angefühlt und sie wollte als junge Frau endlich nach dem Trauma des Krieges und der Entbehrungen wieder ein Leben haben. Frieders Einwand, Walther hätte doch wegen seiner Verliebtheit in Nana auch ihre Familie mögen müssen, beantwortet Nana mit Walthers schlechten Erfahrungen aus der ersten Ehe sowie mit seiner rationalen Art, einen Fehler nicht zu wiederholen. Allerdings habe Walther Frieders Mutter schnell in sein Herz geschlossen und später auch Frieder. Der erkennt, dass Walther wohl zwei Gesichter hat und die Dinge nicht immer so sind, wie sie zunächst erscheinen.

■ Warum handelte Walther so?

30

Johann ruft an und verabredet sich mit Frieder und den Mädchen am Friedhof. Er wirkt aufgedreht und Frieder macht sich langsam Sorgen. Als sie sich treffen, hat Johann wieder die Aktentasche seines Vaters dabei und blättert im Heft mit den Nullen herum, als stehe dort etwas Wichtiges. Sie werden von Johann zu einem freien Grab geführt. Johann verkündet, dass sie als so enge Freunde gemeinsam später hier bestattet werden sollten. Er führt sie zur Friedhofsverwaltung, um den Kaufvertrag abzuschließen; das nötige Geld hat er dabei, da er geerbt hat. Die anderen sind verblüfft, machen aber mit. Der Angestellte in der Verwaltung ist gleichfalls verwirrt wegen der bizarren Anfrage, willigt aber schließlich ein. Nach dem Kauf spendiert Johann einmal mehr eine Runde Bier und sie gehen in eine verlassene Brauerei.

■ Kauf eines Grabes

Johann verhält sich zunehmend auffällig, redet über drohende Katastrophen und beißt in Zitronen. In einer Halle eskaliert sein Verhalten. Er wird aggressiv und schockiert alle mit dem Geständnis, schon lange in Alma verliebt zu sein, und der Behauptung, Alma wolle nichts von ihm wissen, weil sie heimlich mit ihrem Bruder Frieder schlafe. Hilflos versuchen Frieder und Alma, diesen ungeheuerlichen Vorwurf zu entkräften, aber zu ihrem Entsetzen glaubt auch Beate, dass an Johanns Behauptung etwas dran sei, weil sich die Geschwister so gut verstehen. Sie läuft fort und auch Alma und Frieder gehen. Sie lassen Johann zurück, der mit den restlichen Bierflaschen um sich wirft.

■ Johann dreht durch

31

■ Ratlosigkeit, Verzweiflung

Alma und Frieder versuchen das Geschehene zu begreifen. Sie reden über Johanns Liebesgeständnis, sein absurdes Verhalten und was sie nun machen sollten.

Zu allem Überfluss kommt auch noch ein Brief von der Polizei, in dem Frieder zu einer Vernehmung nach einer Strafanzeige wegen des Baggers vorgeladen wird.

32

Der erwachsene Frieder steht vor dem Grab von Nana und Walther. Den Grabstein hat Nana selbst gestaltet. Frieder wünscht sich, dass sein Leben auch einen solchen Grabstein rechtfertigen werde. Danach geht das Geschehen weiter.

■ Ein erfülltes Leben?

Frieders Versuch, Beate zu sprechen, bleibt erfolglos. Sie legt sofort auf. Frieder ruft darauf Johann an, um wenigstens eine Sache zu klären. Johanns Mutter nimmt ab und scheint froh zu sein, dass Frieder anruft, weil sich ihr Sohn sehr seltsam verhält. Frieder verspricht, später zu kommen. Nana spricht Frieder an, weil sie merkt, dass etwas nicht stimmt. Er erzählt vom Streit mit Beate und Johann. Nana versucht, ihn zu trösten. Frieder zerbricht sich den Kopf, wie er seine Probleme, besonders das mit dem Bagger, lösen kann. Als er später zu Johann fährt, ist er erschrocken, wie sich das Aussehen von Johanns Mutter verändert hat. Als er Johanns Zimmer betritt, trifft ihn der nächste Schlag. Johann hat Verwüstungen angerichtet, bizarre Zeichen auf den Boden gemalt und zeigt alle Anzeichen eines nahenden psychischen Zusammenbruchs. Plötzlich springt er auf und will in die Stadt.

■ Streit mit Beate, Johann braucht Hilfe

Johann redet wirres Zeug, fühlt sich verfolgt, beißt immer wieder in ungeschälte Zitronen und führt sich

■ Ist Johann verrückt geworden?

wie ein Verrückter auf. Frieder weiß, dass Johann ärztliche Hilfe braucht, und ist froh, als Alma auftaucht. Er bittet sie, auf Johann aufzupassen, und ruft Walther an. Der scheint zu wissen, was passiert, und verspricht, sofort zu kommen. Kurz darauf trifft er in Begleitung eines Krankenwagens ein. Johann dreht nun völlig durch und muss überwältigt werden. Später erklärt Walther, dass Johann eine Psychose habe, was eine Folge extremer Belastungen sei. Die Perspektiven für Johann sind nicht gut.

33

■ Ein Berg an Problemen

Friedrich erlebt unschöne Tage. Johanns Zustand ist ungewiss, er schläft viel. Frieder hilft beim Aufräumen von Johanns Zimmer und nimmt das unselige Nullenheft mit. Er lernt viel, um sich abzulenken, oder spricht mit Alma über Johann. Ihm fehlt Beate, und heimlich fährt er sogar zu ihr und beobachtet vergeblich das Haus in der Hoffnung, dass sie herauskommt. Auch der Versuch, ihr einen Brief zu schreiben, um sich zu erklären, scheitert. Zudem rückt der Tag der Polizeivernehmung näher.

■ Frieder bittet Nana um Rat

Zwei Tage vorher überwindet er sich endlich und schüttet Nana sein Herz aus. Sie hört ihm geduldig zu und bittet Frieder, mit Walther zu reden. Auch ermuntert sie ihn, mit Beate zu reden, weil echte Liebe das verlange. Als Frieder dem Großvater vom Bagger erzählt, wundert er sich über die Ruhe, mit der Walther zuhört. Anschließend analysiert Walther die Situation.

Er macht Frieder den Vorwurf, nicht früher gekommen zu sein, und sagt, in Ruhe nachdenken zu müssen. Bald darauf gibt er Frieder bei einer Mahlzeit die Adresse des Baggerbesitzers und erklärt ihm, dass dieser die Anzeige erstatten konnte, weil Frieder seinen Schülerausweis im Bagger verloren hat. Frieder weiß, dass Walther von ihm erwartet, sich persönlich bei dem Mann zu entschuldigen.

■ Warum sucht Frieder nicht früher Hilfe?

34

Frieder fährt zum Besitzer und gibt zu, den Schaden am Bagger verursacht zu haben. Die Stimmung ist angespannt. Frieder entschuldigt sich und versucht, seine jugendliche Dummheit zu erklären. Er bekräftigt seine Absicht, den Schaden zu zahlen. Schließlich deutet der Mann an, dass Walther im Hintergrund den Schaden bereits wiedergutgemacht hat.

■ Frieder entschuldigt sich

35

Tatsächlich hat der Mann die Anzeige zurückgezogen. Frieder gehen viele Gedanken durch den Kopf und er fragt Nana, wo man Marzipan kaufen könne. Nana versteht, dass es für Beate sein soll, und begleitet ihn zum Einkaufen. Beide machen anschließend selbstgemachtes Marzipan.

■ Marzipan für Beate

36

Der erwachsene Frieder hat die ihm wichtige Grabstätte gefunden und denkt über deren Bedeutung nach.

Besuch bei Johann

Alma und Frieder sind in der Psychiatrie, um Johann zu besuchen. Dem geht es etwas besser. Der Besuch ist trotz allem durch die Ereignisse belastet und Johann wirkt angeschlagen. Allmählich legt sich die Verlegenheit und es sieht so aus, als käme die Aussöhnung zustande.

37

Frieder übernimmt Verantwortung

Walther kehrt von einem Kongress zurück. Er trifft Frieder, der gerade auf dem Weg zu Beate ist. Frieder fragt ihn, ob er den Bagger bezahlt habe, und bietet an, seine Schuld in der Klinik abzuarbeiten, egal wie lange es dauere. Er fährt anschließend zu Beate und klingelt. Die Mutter teilt ihm mit, dass Beate nicht mit ihm reden wolle. Frieder entgegnet, dass er dann so lange unten stehen bleibe, bis sie herunterkomme. Er wartet eine lange Zeit, in der er die Aufmerksamkeit der Nachbarn weckt und neugierig gefragt wird, was er da mache. Seine vorlaute Antwort droht in einem Konflikt zu enden, als Beate doch noch auftaucht.

Aussprache mit Beate

Die beiden gehen spazieren und Frieder erzählt Beate, dass Johann in der Psychiatrie sei. Er erklärt ihr, dass Johanns Behauptung nicht stimme. Beate erzählt ihrerseits, dass sie mit der Mutter weggefahren sei und dort im Urlaub eine flüchtige Freundschaft mit einem anderen Jungen eingegangen sei. Frieder ist am Boden zerstört. Beate fügt an, dass es sich aber nicht richtig angefühlt habe. Frieder kommt nochmal auf die besondere Beziehung zu seiner Schwester Alma zurück und beteuert, dass Beate seine große Liebe sei. Als er ihr dann das Marzipan überreicht, bricht sie in Tränen aus und weint sich in seinen Armen aus.

38

Familie Büchner ist aus dem Urlaub zurück. Die Wiedersehensfreude ist groß. Frieder teilt mit, dass er die letzten Tage bis zur Prüfung beim Großvater bleiben wolle, um die Sache konsequent abzuschließen. Die Mutter versteht das.

■ Heimkehr der Familie

39

Der große Tag der Nachprüfung ist da. Frieder macht sich fertig und ihm wird von Nana Glück gewünscht. Walther korrigiert sie mit den Worten, wer sich vorbereitet habe, brauche kein Glück, dem wünsche man Erfolg. Als die Prüfungen in Mathematik und Latein vorbei sind, warten Beate und Alma vor der Schule. Sie gehen zum Kastell und stoßen auf den hoffentlich erreichten Erfolg an.

■ Nachprüfung

Beate erzählt, dass ihr Vater aus Brasilien unerwartet geschrieben habe und sie einlädt. Sie will für sechs Wochen zu ihm fliegen, die Mutter hat bereits eine Befreiung von der Schule für diese emotional wichti-

■ Beates Vater meldet sich

ge Angelegenheit erwirkt. Sie flüstert Frieder zu, dass sie wiederkommen werde.

40

Auch Großeltern sind wie Eltern

Der letzte Abend bei den Großeltern ist angebrochen. Frieder bekommt einen Anruf von Johann. Johann hat Freigang und bittet Frieder um ein Treffen. Walther hält das für ein gutes Zeichen. Nana schenkt Frieder zum Abschied ein Porträt und ihm ist wehmütig ums Herz.

41

Geschafft!

Der Tag der Ergebnisverkündung ist angebrochen. Mit einer feinsinnigen Bemerkung überreicht Herr Schwarz Frieder die erfreulichen Ergebnisse. Frieder kann sein Glück kaum fassen. Er sieht hinter Herrn Schwarz das Transparent vom Sporttag, das der Lehrer als verstecktes Zeichen der Sympathie aufbewahrt hat. Am Nachmittag treffen sich alle mit Johann. Sie sprechen über die Ereignisse und Johann drückt sein Bedauern aus. Alle versöhnen sich. Gemeinsam gehen sie zu ihrem gekauften Grab und beerdigen das Nullenheft auf Johanns Wunsch hin.

Ende gut, alles gut

Frieder schenkt Beate zum Abschied vor ihrer Reise nach Brasilien das Porträt Nanas. Zu viert verlassen sie den Friedhof.

Der erwachsene Frieder sitzt am Grab und wird von Beate aufgesucht; sie hat Handtücher dabei und fordert ihn auf, schwimmen zu gehen.

3. Figuren

Das Figurenensemble im Roman ist übersichtlich und lässt schnell eine gewisse Funktion erkennen, die den Interpretationsmöglichkeiten zuarbeitet. Da sind in erster Linie die Jugendlichen, ganz besonders Frieder, Beate, Alma und Johann. Sie haben mit ihren Eltern und anderen Erwachsenen wie den Lehrkräften zu tun, sodass sich die Auffassung einer Figurenkonstellation anbietet, die das Wechselspiel zwischen Heranwachsenden und Erwachsenen darstellt. Während die Heranwachsenden zentrale Lebenserfahrungen sammeln, begleiten sie die Erwachsenen, an denen sich die Jugendlichen oft im Streit reiben, aber auch orientieren. Der Protagonist Frieder hat jemanden, der ihm zuhört, und er bekommt Ratschläge, Unterstützung oder erhält klare Aufforderungen.

■ Funktionelles Figurenensemble

Da der Ich-Erzähler Friedrich Büchner den größten Raum einnimmt, liegt der Schwerpunkt dieses Kapitels auch bei ihm, während die anderen Hauptfiguren (die Großeltern, die Freunde) weniger ausführlich behandelt werden. Ich halte es für vertretbar, die nur vergleichsweise kurz erwähnten Nebenfiguren (Frieders Eltern, die Lehrer, die Eltern seiner Freunde) im Zusammenhang mit den Hauptfiguren wie Frieder oder Johann zu charakterisieren und ihnen nicht einen gesonderten Abschnitt zu widmen.

■ Schwerpunkt auf Frieder

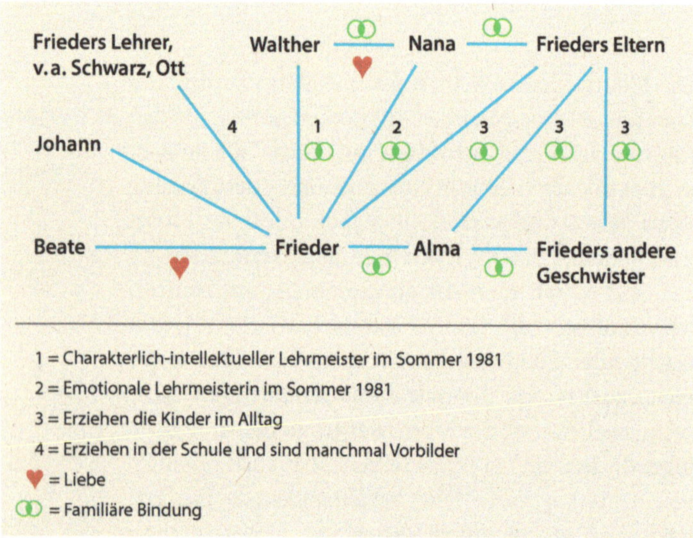

Abb. 1: Figurenkonstellation

Friedrich Büchner

Lebhafte Familie

Der 16-jährige Friedrich Büchner (S. 41) kommt aus einer Familie mit sechs Kindern (S. 16); er kennt keine andere Familie mit vergleichbarer Größe. In der beengten Wohnung herrscht »fast immer ein Grundlärm« (S. 16), wie er mit gemischten Gefühlen festhält. Wenn er seine Ruhe haben will, ist das nicht einfach einzurichten. Im bildungsbürgerlichen Haushalt (»Irgendwann hatte ich das [Wort ›Robinie‹, SJ] in einem der tausend Bücher meines Vaters nachgeschlagen«,

S. 17) sind regelmäßige Urlaube der ganzen Familie (S. 18) sowie ein bescheidenes, aber auskömmliches Leben für alle möglich, wie Frieders Zimmereinrichtung beweist (S. 17). Kleine Jobs bessern zudem sein Taschengeld auf (S. 49). Natürlich fordert die Wohnsituation bzw. das Leben in einem Haushalt mit acht Personen ein hohes Maß an Anpassungsvermögen und Rücksichtnahme.

Herzliches Familienverhältnis

Aber nicht nur deswegen ist das Verhältnis der Familienmitglieder untereinander ein herzliches. Frieders Beziehung zu seiner Schwester Alma ist besonders innig, was Beate auffällt (S. 169) und den Vorwurf Johanns begründet. Auch zu den Eltern hegt Frieder tiefe Zuneigung (S. 91 f.). Am Ende der Ferien ist die Beziehung zu seinen Großeltern so vertieft, dass sie ihm im wahrsten Sinne des Wortes Großeltern sind.

»Freaky« und sportlich

Friedrich hat lange Haare und trägt gerne schwarze Kleidung, was ihm bei anderen das Vorurteil beschert, vielleicht »freaky« (S. 32) zu sein oder womöglich Drogen zu nehmen. Er stellt fest, dass die Polizei ihn wegen seines Äußeren bevorzugt kontrolliert (»Warum die immer mich kontrollierten!«, S. 112). Dabei hat er mit Drogen oder Rauchen nichts im Sinn, wenn man vom gelegentlichen, für sein Alter wohl normalen Alkoholkonsum absieht (vgl. 20. Kapitel). Frieder dürfte eine sportliche Figur haben, auch wenn er anscheinend in keinem Sportverein ist. Er kann ungewöhnlich schnell rennen (S. 83) und geht regelmäßig ins Schwimmbad (S. 11), was sogar dem Bademeister auffällt (»Sag mal, du bist doch der, der hier immer trainiert, oder? Sogar bei Regen?«, S. 120). Dass die regelmäßigen Sprünge vom hohen Sprungturm Mut und eine gewisse Disziplin bezeugen, liegt auf der Hand. Diesen Mut hat er im Grunde bereits in der Kindheit bewiesen, als er einen wütenden Hund vertrieb und damit den Großvater für sich gewann (S. 108 f.). Zudem liebt Frieder das Radfahren, und er ist gerne in der Stadt unterwegs. Seinem Großvater gegenüber bekennt er das in einem kleinen Schlagabtausch: »Ich bin dankbar, dass Gott das Fahrrad erfunden hat« (S. 97).

■ Probleme in der Schule

Nicht ganz so regelmäßig sind Frieders schulische Bemühungen. Der Neuntklässler ist akut versetzungsgefährdet, und nur eine erfolgreiche Nachprüfung in den Fächern Mathematik und Latein am Ende der Sommerferien kann ihn vor dem vorzeitigen Abgang vom Gymnasium ohne Schulabschluss retten, da er die 9. Klasse bereits einmal wiederholen musste (S. 19).

■ Intelligent, aber flatterhaft

Dabei ist er ein intelligenter Junge, dem nur seine allzu vielen Interessen im Weg stehen, wie auch die Lehrer feststellen (»Zu viele andere Interessen, hatte Zippo gesagt, das ist dein Problem, Büchner«, S. 24). Er ist schlagfertig und nötigt seinem intellektuell herausragenden Großvater wiederholt eine gewisse Achtung ab (z. B. S. 97 oder 302).

■ Ein Vielleser

Frieder liest gerne und viel, sodass er sich mit seinen Kenntnissen der Klassiker sogar vor seinem gebildeten Großvater Walther keine Blöße gibt (S. 83). Dass er sogar Gedichte auf einer alten Schreibmaschine zu Papier bringt, dürfte das Bild eines intelligenten, sprachbegabten Jungen abrunden. Seine Schwäche in der Mathematik (er ist nicht allein damit: »wir Matheidioten«, S. 34) ist möglicherweise damit zu erklären, dass Frieder wissen möchte, wozu etwas Abstraktes dient. Als der Großvater ihm anhand eines Efeublattes praxisnah erläutert, wozu man mathematische Funktionen und Integrale verwenden kann, fällt der sprichwörtliche Groschen und Frieder stellt dem Blatt gegenüber fest: »Dich […] kann ich jetzt berechnen« (S. 96).

Liebt die Natur

Frieder ist ein Liebhaber der Natur und er beobachtet sie gerne und genau. Laufend finden sich Naturbeschreibungen, die für die atmosphärische Dichte des Romans sorgen und den Sommer in einer malerischen Stadt einfangen: »Es war mild, und vor allem roch es überall gut und ganz anders als am Tag. Erdgeruch am Friedhof und ein wenig das bittere Aroma der Kastanienblätter, das mich schon an den Herbst erinnerte« (S. 111), stellt Frieder bei seiner nächtlichen Tour zum Schwimmbad fest. Zu allen Tages- oder Nachtzeiten ist Frieder ein genauer Beobachter der Umgebung. Dabei fällt auf, dass diese Beobachtungen und das Eintauchen in Fantasien wie die einer Reise nach Rio de Janeiro auch die Funktion einer Ausflucht in eine andere, angenehme Welt haben.

Gerne auf Gedankenreise

Gleich die erste Seite zeigt das, als Friedrich im Klassenzimmer dem sicheren Fiasko in der Lateinarbeit entgegensieht und sich innerlich wünscht, an einem besseren Ort zu sein (»Das Sri Sri der Mauersegler schnitt das Licht dieses Sommertags in hellgelbe, aufregend saure Zitronenscheiben und ich dachte, man müsste draußen sein und nicht hier drin neben dem Fenster sitzen«, S. 5). Nebenbei bemerkt sind diese sprachlichen Bilder Ausdruck eines wachen Verstands und sicherlich auch das Ergebnis der andauernden Auseinandersetzung Frieders mit guter Literatur. Der junge Mann hat also Talente, die zu großen Hoffnungen in der Zukunft berechtigen. Das Versagen in der reglementierten Schule, die mit all ihren Normen und Erwartungen einem eigenwilligen Individuum im Alltag im Weg steht, darf erkennbar nicht mit einem Mangel an Begabung gleichgesetzt werden.

Auch die Menschen werden beobachtet

Frieders Beobachtungsgabe ist nicht auf die Natur beschränkt. Er beobachtet genau seine Mitmenschen und kommt zu schonungslosen Ergebnissen in Bezug auf ihre Fähigkeiten und Schwächen. Den eigenen Vater hält er beispielsweise für jemanden, der viel nachdenkt, nur nicht über praktische Dinge (S. 11). Er stellt fest, dass der Vater »sich wirklich nicht für die Schulkarrieren seiner Kinder interessierte« (S. 11). Deshalb ist die Ankündigung des Vaters, sich etwas wegen der schlechten Noten zu überlegen, in Frieders Augen kaum bedrohlich. »Wenn er sich was überlegte, dann bedeutete das gar nichts. Wenn Mama sich was überlegen sollte, dann hätte ich ein Problem« (S. 11), schlussfolgert er. Auch andere Erwachsene stehen unter Frieders Beobachtung bzw. der seiner Mitschüler, so natürlich das gesamte Lehrerkollegium.

Lehrer-Ranking

Während des Sporttages (6. Kapitel) kurz vor Ferienbeginn wird so gut wie jede Lehrkraft nach den Kriterien Anspruch und Kompetenz kategorisiert. In der Bewertung rangieren die Latein- und Griechischlehrkräfte ganz oben; was wohl den spezifischen Schwierigkeiten der jeweiligen Fächer und den harten Noten geschuldet sein dürfte. Die Französischlehrerin Frau Dr. Ott gehört zu den »eisenharten Lehrer[n]« (S. 21), die bis zum letzten Tag den Unterricht durchziehen und nicht wie andere Lehrer die letzten Wochen mit Filmen im Unterricht verbummeln, sondern von den Schülern lückenlos die Hausaufgaben einfordern.

Der Beste: Schwarz

Geradezu vorzüglich schneidet der Mathematiklehrer Schwarz ab, dessen Auftreten dem Heranwachsenden größten Respekt abnötigt (S. 312), auch wenn Frieders Noten in Mathematik allen Anlass gäben, diesen Lehrer nicht zu mögen. Vielleicht sind es Persönlichkeiten wie Lehrer Schwarz und ganz besonders sein Großvater, die ihm die größte Unterstützung auf dem Weg ins Erwachsenenleben sind, worüber noch in Kapitel 6 dieses Lektüreschlüssels zu sprechen sein wird. Am unteren Ende der Skala wiederum nehmen die Fächer Kunst, Ethik, Sozialkunde, Wirtschaft und Sport sowie deren Lehrkräfte einen unrühmlichen Platz ein (»die brauchte keiner«, S. 30). Besonders miserabel scheint der Sportlehrer Fritsch zu sein, der das Sportfest in Frieders Augen mehr oder weniger lustlos durchführt (»Der konnte gar nichts«, S. 32).

Jugendliche schauen hin

Immer wieder tauchen im Roman Passagen auf, in denen Erwachsene bewertet werden, was zeigt, dass Jugendliche an der kritischen Schwelle zum Erwachsenenalter bzw. in der Pubertät sehr sensibel auf das

Verhalten derjenigen reagieren, an denen sie sich orientieren können oder mit denen sie zu tun haben. Der Bademeister Kurt beispielsweise wird positiv eingeschätzt, weil er Frieder nach dem unbefugten Betreten des Schwimmbads eine Chance gibt und ihn später in der Sprungtechnik unterweist (»Der Typ war okay«, S. 204). Johanns Vater wird mit wenigen Worten vorgestellt (»nicht mal so groß wie ich, aber er war aufbrausend«, S. 87), und die Mutter findet er nett, auch wenn sie »immer ein bisschen besorgt um Johann« (S. 87) ist.

Austesten von Grenzen?

Aus der Sicht von Eltern gehören die permanenten Einschätzungen durch ihre Kinder und das daraus abgeleitete Verhalten in den Kontext des Austestens der Grenzen, was die Zeit der Pubertät für sie oder für die Lehrkräfte zu einer mitunter sauren Angelegenheit werden lässt. Beate fasst es auf ihre Weise zusammen: »Regeln gelten nicht immer für alle gleich, finde ich« (S. 170), womit sie Grenzverletzungen gewissermaßen legitimiert. Und die produziert Frieder wiederholt. Er hat den in dieser Lebensphase üblichen Hang zur pubertären Revolution, bleibt dabei aber stets sympathisch.

Wiederholt Provokationen

Gleich zu Beginn des Romans provoziert er beispielsweise den Lateinlehrer »Zippo«, indem er die vermasselte Lateinarbeit zu einem Papierflieger faltet und aus dem Fenster wirft. Der Lehrer reagiert übrigens ausgesprochen souverän auf diesen respektlosen Umgang mit seiner Arbeits- und Lebenszeit (S. 9; vermutlich hat die Korrektur der Arbeit mit all ihren

Fehlern gedauert). Die Lektüre zeigt im Weiteren: Frieder veralbert den Sporttag und besonders den Sportlehrer Fritsch mit der Begrüßung »Rotfront, Herr Fritsch« (S. 30), da Letzterer im Verdacht steht, »ein verklemmter Nazi« (S. 31) zu sein, und natürlich mit dem Transparent; er verbringt gerne Zeit auf dem eigentlich abgesperrten ehemaligen Fabrikgelände der Bierbrauerei, liest zum Entsetzen seiner Großmutter in ihrem Tagebuch, dringt mit seinen Freunden unbefugt ins Schwimmbad ein und fährt einen Bagger zu Schrott, was allein an diesem Tag zwei Straftatbestände erfüllt.

Fehltritte und Bedauern

Allerdings sind ihm seine jugendlich-unbedachten Verfehlungen schnell bewusst, und er entschuldigt sich zerknirscht und aufrichtig (S. 279–282). Das alles trägt dazu bei, dass der Ich-Erzähler sich mit Wehmut an diesen wichtigen und lehrreichen Sommer erinnert, an dem er *»erwachsen geworden«* (S. 40) ist. Es komplettiert das Bild, wenn Frieder sich mit dem unter Freunden ausgetauschten Gruß »Rotfront!« (z. B. S. 140), vermutlich in Anlehnung an den Roten Frontkämpferbund aus der Weimarer Republik, in nicht ernsthaft gemeinter Manier in der behäbigen Zeit der BRD zu Anfang der 80er Jahre eine kämpferische Note gibt.[1]

1 Vgl. Friedbert Mühldorfer, »Roter Frontkämpferbund, 1924–1929«, in: *Historisches Lexikon Bayerns* (4. 6. 2007), www.historisches-lexikon-bayerns.de/Lexikon/Roter_Frontk%C3%A4mpferbund,_1924-1929 (Stand: 18. 7. 2024).

Die schönste Erfahrung

Frieders wohl großartigste Erfahrung ist die Liebe zu Beate. Die erste Begegnung reicht aus, dass er sie nicht mehr aus dem Kopf bekommt. Zum Glück hat er in seiner geliebten Großmutter Nana eine äußerst verständnisvolle Vertrauensperson, die ihm mit ihrer eigenen großen Liebe zu ihrem Mann Walther und dem daran gewachsenen Erfahrungsschatz die schrecklichen Schönheiten der Liebe erklären kann. Den wunderbaren Eindrücken – der erste Kuss (»Dass es nie wieder so einen vollkommenen Augenblick des Rauschs gegeben hat, so eine perfekte Berührung«, S. 123), die schwärmerische Wahrnehmung Beates wie beispielsweise ihres Duftes (»wie die Robinienblüten im Frühsommer«, S. 116), das Herzklopfen beim Anrufen – stehen ungeahnte Probleme zur Seite, die ihm in seiner Unerfahrenheit zu schaffen machen. Er hat Schwierigkeiten, seine Beate überhaupt mit irgendjemandem zu teilen, und seine Eifersucht ist schnell geweckt. Dass seine geliebte Schwester Alma sich mit Beate gut versteht, nimmt er halb widerwillig wahr (»Irgendwas zwischen Freude und Eifersucht«, S. 143).

Bohrende Eifersucht

Mitunter ist es sogar absurd, wenn beispielsweise Beate bei der ersten Begegnung mit Walther achtungsvoll seinen Stil und seine Intelligenz wahrnimmt und dem offenbar eifersüchtigen Frieder zuflüstern muss, Frieder brauche sich keine Sorgen zu machen, sie werde sich nicht in den Großvater verlieben (S. 173). Seine Verliebtheit treibt ihn in die Telefonzelle, wo er es durchaus auch bis zu 27-mal klingeln lässt, um seinen Schatz zu erreichen (S. 131). In vielen Gesprächen mit

Nana versucht Frieder zu ergründen, was es mit dem Verliebtsein auf sich hat, und die Erzählungen Nanas dienen ihm letztlich als Vergleichs- und Projektionsfläche für sein eigenes inneres Durcheinander. Als Frieder und Beate nach Johanns irrationalem Vorwurf Streit haben, ist Frieder am Boden zerstört.

Frieder gibt nicht auf

Er sucht die Aussprache (»Ich saß am Schreibtisch und versuchte einen Brief an Beate zu schreiben«, S. 272) und bemüht sich um sie, wie die liebevolle Geste mit dem selbstgemachten Marzipan zeigt. Die Aussöhnung gelingt auch, weil Frieder sich während der keineswegs leichten Aussprache beherrscht und – ein Merkmal seines Charakters – im Grunde ein friedfertiger Mensch ist. Der kursiv gedruckte Schluss des Romans (S. 317) belegt, dass die Bindung zwischen Frieder und Beate von Dauer ist, ähnlich der von Nana und Walther.

Ein treuer Freund

Frieder ist aber auch in anderer Hinsicht eine treue Seele. Mit Johann verbindet ihn eine enge Freundschaft. Der erste Satz des Romans ist ihm gewidmet, indem ihm die Fähigkeit attestiert wird, es nach Rio de Janeiro zu schaffen, was metaphorisch zu begreifen ist (vgl. Kapitel 4 dieses Lektüreschlüssels). Er geht bei Johanns Familie ein und aus, sodass auch mit Johanns Eltern eine gewisse Vertrautheit besteht. Als die Freundschaft durch Johanns psychische Erkrankung auf eine harte Probe gestellt wird, beweist sich deren dauerhafte Qualität. Trotz des ungeheuerlichen Vorwurfs, den Johann in seiner Unzurechnungsfähigkeit während der Psychose äußert (S. 247), von der

Frieder ja zu diesem Zeitpunkt nichts weiß, bricht Frieder nicht den Kontakt ab, sondern sucht das Gespräch (S. 255) und begegnet Johann im Bemühen um Klärung; auch, weil Johanns Mutter ihn in ihrer Hilflosigkeit wegen des alarmierenden Verhaltens ihres Sohnes darum bittet. Das zeugt von erstaunlicher Reife. Vermutlich ist es auch Frieder zu danken, dass die Behandlung in der Psychiatrie eingeleitet wird, da er Walther anruft und den bereits nahezu tobenden Johann bis zum Eintreffen der Sanitäter im Blick behält (S. 267 f.).

Unterstützt Johann

Die weiteren Begegnungen mit Johann in der Zeit seiner Behandlung belegen, dass es Frieder ernst ist, seinem Freund zur Seite zu stehen und die Freundschaft zu erhalten (»›Johann‹, fragte ich schließlich, als ich es gar nicht mehr aushielt, ›ist alles okay zwischen uns?‹«, S. 289). Auch wenn Frieder mitunter Lehrer provoziert oder etwas Unrechtes tut, so ist er jemand, dem an Harmonie und festen Bindungen gelegen ist; er leidet geradezu unter Streit und bemüht sich, die Dinge schnell wieder ins Lot zu bringen. Das kursiv gedruckte Romanende (S. 317) am Grab deutet womöglich an, dass die Freundschaft im wahrsten Sinne des Wortes bis zum Lebensende anhält, was ja auch der gedankliche Auslöser für Johanns Idee mit dem gemeinsamen Grab ist.

Alma Büchner

Frieders Schwester Alma ist ein Jahr jünger als Frieder und besucht die 10. Klasse an derselben Schule; sie müsste damit 15 Jahre alt sein (S. 27). Frieder spricht mit Hochachtung von ihr und hält sie für »viel schlauer« (S. 27) als sich selbst. Alma ist eine offenbar gute Schülerin, wie auch der strenge Mathematiklehrer Schwarz feststellt (S. 34). Über Almas Aussehen ist so gut wie nichts bekannt, aber da Johann sich offenbar seit langem für sie interessiert, dürfte sie nicht nur ein kluges, sondern auch ein schönes Mädchen sein. Insgesamt entspricht Alma nicht dem Klischee einer nur auf die Schule konzentrierten Musterschülerin, sondern ist alles andere als eine introvertierte Person.

■ Die schlaue Schwester

Sie tritt selbstbewusst auf und ist keineswegs zimperlich, wie allein die Szene in der Telefonzelle zeigt (S. 43 f.), als Frieder, Johann und sie versuchen, die richtige Beate unter all den möglichen Familien in der Stadt herauszufinden, indem sie systematisch alle Einträge im Telefonbuch unter dem Namen »Endres« anrufen, und Alma dabei ungeniert und einfallsreich schauspielert. »[N]ur mit Alma« (S. 215) kann Frieder zwanglos sein und sich Duelle mit wüsten, spielerischen Beschimpfungen liefern (»Du bist so tot, dreckiger Faschist!«, S. 215). Alma ist nicht auf den Mund gefallen, und nicht nur, wenn sie wütend ist, kann sie in der Wortwahl ausfällig werden (»Du verfluchter kleiner Pisser!«, S. 48). Der diesbezüglich viel zurückhaltendere Frieder stellt jedenfalls zutreffend fest,

■ Selbstbewusst und manchmal frech

dass sie »unglaublich vulgär« (S. 48) sein kann. Mit ihr, die offenbar alle Facetten abdeckt, kann er alles besprechen, was ihn belastet.

Im Gegensatz zu Frieder raucht Alma (S. 136), was ihr womöglich auch hilft, mit ihrem belastenden Ferienjob bzw. dem Praktikum im Altersheim fertig zu werden. Dieses Praktikum und die Bereitschaft, sich seinen besonderen Anforderungen mit 15 Jahren zu stellen, zeugen von einer ungewöhnlichen Reife Almas. Zusätzlich wird das bestätigt, als eine der erfahrenen Pflegerinnen Alma bittet mitzukommen, um ihr zu zeigen, wann ein Mensch stirbt (»›Du musst die Anzeichen kennen, wenn jemand stirbt‹, sagte sie«, S. 134). Es ist also nicht so, dass man Alma in dieser Einrichtung mit banalen Alltagsaufgaben beschäftigt, sondern ihr als ungelernter Schülerin zutraut, menschliche Extremsituationen zu bewältigen. Und das tut sie. Sie beobachtet genau, wie diese Patientin über einen keineswegs kurzen Zeitraum stirbt, und ist am Ende sogar diejenige, die richtig einschätzt, dass die Frau nicht allein gestorben ist, nur weil keine Familienmitglieder anwesend sind (»›Keine Verwandten‹, sagte ich. ›Sie ist ganz allein gestorben.‹ Alma zog die Decke ordentlich um die tote Frau. ›Ist sie nicht‹, sagte sie«, S. 136).

Besondere Reife

Diese belastende Erfahrung steckt sie nahezu professionell weg (S. 136 f.), auch wenn sie später nochmals darauf zurückkommt und man Almas Betroffenheit spürt (S. 146 f.). Almas Verantwortungsbewusstsein bzw. ihre emotionale Intelligenz beweisen sich nicht nur in der Wahl ihres Praktikums, sondern auch in der Art, wie sie zusammen mit Frieder auf dem Höhepunkt von Johanns psychischer Krise dafür sorgt, dass Johann gerade noch rechtzeitig von Sanitätern in die Psychiatrie gebracht werden kann (besonders S. 263–269).

Sorgt sich um andere

Almas Reife ist wohl auch der Grund, weshalb sie mit größtem Unverständnis auf Frieders Tabubruch mit dem Tagebuch von Nana reagiert. Sie hält ihrem Bruder eine ordentliche Standpauke (»Bist du noch ganz sauber? Frieder! Du kannst doch nicht Nanas Tagebuch lesen«, S. 161) und macht deutlich, dass die Ohrfeige eine viel zu geringe Strafe für sein Fehlverhalten ist. Das liegt wohl auch an ihrer Zuneigung zu ihrer Großmutter (»Ausgerechnet Nana!«, S. 161), mit der sie zudem auch bestimmte Ansichten und Verhaltensweisen teilt. So ist auch Alma davon überzeugt, dass es den berühmten Blitz in der Liebe gibt, was mit Blick auf die Gesamthandlung des Romans in der Familie Büchner schicksalhaft angelegt zu sein scheint. Als sie mit dem ratlosen Frieder über die Liebe spricht und warum es so schwer ist, nicht einfach jemandem zu sagen, dass er oder sie die Liebe des Lebens sei, wird das deutlich (»›Mir könnte das einer sagen.‹ Sie sprach ganz leicht, wie verträumt. ›Müsste nur der Richtige sein. Der sollte das sagen‹«, S. 47).

Ähnlichkeiten mit Nana

Die bereits erwähnte enge geschwisterliche Bindung zu Frieder bzw. die daran erkennbaren charakterlichen Ähnlichkeiten tragen auch dazu bei, dass Alma Beate auf Anhieb sympathisch findet (»Ich mag sie. Die ist lässig«, S. 136). Die beiden kommen ganz

Auf Anhieb gute Freundinnen

schnell gut miteinander aus und es scheint auf Seiten Almas keine geschwisterliche Eifersucht zu geben, weil ihr Bruder sich in ein Mädchen verliebt hat und somit weniger Zeit für die bisher üblichen Unternehmungen bleibt. So wie Frieder ist auch ihr Freundschaft wichtig und sie gibt eine Freundschaft nicht leichtfertig auf, auch wenn sie Grund dazu hätte.

Unterstützt Johann

Johanns Vorwurf auf dem Höhepunkt seiner Psychose, sie habe eine inzestuöse Beziehung mit ihrem Bruder, könnte für viele Grund genug sein, trotz der Krankheit ein für alle Mal den Kontakt zu demjenigen abzubrechen, der so etwas sagt. Alma hingegen handhabt die Situation wie Frieder und ist geradezu erlöst, Johann schließlich wieder umarmen zu können (»›Du bist echt ein blödes Arschloch‹, sagte Alma mit zitternder Stimme, ging auf ihn zu und umarmte ihn so fest, dass er fast keine Luft mehr kriegte«, S. 314).

Johann Lohmann

Der begabte Freund

Frieders bester Freund und Sitznachbar in der Schule (S. 5) kommt aus einer wohlhabenden Familie (S. 86). Die Eltern ermöglichen ihm ein entsprechendes Leben, das kaum Wünsche offenlässt, wie Frieder mit Blick auf seine eigene Stereoanlage feststellt (S. 17) und Johanns Vater dem Sohn im Streit vorhält (S. 88). Der schlanke Johann (S. 33) ist intelligent und von seinen Fähigkeiten her der wohl Begabteste innerhalb des Freundeskreises, wie Frieders Einschätzung in den ersten Sätzen des Romans verrät (»Johann hatte alles«, S. 5). Und tatsächlich kann Johann neben seinem trockenen Humor (»Viel Spaß im Sanatorium zum logischen Großvater«, S. 26; »Großvater des Todes«, S. 141) scheinbar mühelos das passende Zitat zu jeder gegebenen Situation zum Besten geben (»*Morituri te salutant*, Alma!«, S. 33).

Er hat, wie praktisch die absolute Mehrheit der Jugendlichen zu der Zeit, eine frühe Vorliebe fürs Rauchen und bedient sich heimlich an der Familienkasse, um den anscheinend auffallend hohen Zigarettenbedarf zu finanzieren (S. 89). Frieder wundert sich, dass Johann trotz seiner unentwegten Raucherei so schnell laufen kann (S. 33). Daneben hat Johann eine gewisse jugendliche Zuneigung für den Alkohol, den er ebenfalls aus den Vorräten des Vaters für die Treffen mit den Freunden abzweigt (S. 141). Im Gegensatz zu seinen Freunden, die melodischere Musik bevorzugen, hört Johann gerne Härteres in der Stilrichtung Heavy Metal (S. 89).

■ Raucht wie ein Schlot

Obgleich Frieder mit Johann alles vertrauensvoll bereden kann und Johann Frieder in vielem blind vertraut (das Transparent am Sporttag kennt er nicht, macht aber mit), ist Johanns Einstellung zu seinen Eltern für Frieder irritierend (»Manchmal fragt man sich, ob man die falschen Eltern hat«, S. 91). Offenbar gibt es immer wieder Spannungen zwischen Johann und seinen Eltern, vor allem mit seinem Vater, den Frieder als aufbrausend beschreibt (S. 87), während die Mutter ihrem Sohn fast alles durchgehen lässt, so beispielsweise das Rauchen trotz des Verbotes durch den Vater (S. 89).

■ Spannungen mit den Eltern

Allerdings bedeutet das keineswegs, dass Johann seinen Vater nicht mag. Als der Vater überraschend stirbt, stürzt das Johann in eine schwere Krise bis zur Psychose, von der die anderen zunächst nichts ahnen, die sich aber unaufhaltsam Bahn bricht. Zwar macht er kurz nach seiner Rückkehr aus Italien im Gespräch über den Todesfall mit seinen Freunden die befremdende Äußerung, »dass es ja nicht auf einmal so sei, als ob er seinen Vater geliebt hätte« (S. 191) und alle nicht so betroffen tun sollten. Am Tag der Beerdigung macht er dann den bissigen Kommentar, er kenne die Hälfte der Trauergäste nicht; ergänzt um deren Bezeichnung als »Flachwichser« (S. 200).

Liebt seinen Vater innig

Mit großer Wahrscheinlichkeit ist es so, dass Johann seinen Vater innig liebt und seinen Tod nicht verkraften kann, was beispielsweise daran erkennbar wird, dass er die Aktentasche seines Vaters in der Folgezeit immer mit sich herumträgt (S. 217, 237), als könne er sich nicht von ihm trennen, und sei es auch nur symbolisch. Die weiteren Stufen der Psychose wie das irritierende, an den Tag gelegte allgemeine Unbeeindrucktsein (S. 221), das Nullenheft, die Aggressionsschübe, der Kauf des gemeinsamen Grabes, der schreckliche Vorwurf, Frieder und Alma verbinde ein Inzestverhältnis, und schließlich der offene Ausbruch des Wahnsinns (S. 257–268) beweisen, dass er den Verlust nicht verkraftet.

Verkraftet den Tod nicht

Verliebt in Alma

Die Psychose befördert auch das Geständnis zutage, dass er Alma liebt (S. 246). Dass die Erkrankung jedoch alles auf eine Zerreißprobe stellt, muss nicht weiter ausgeführt werden. Aber eines zeigt sich trotz oder gerade wegen der Erkrankung: Auch Johann ist der Bestand der Freundschaft wichtig. Er bittet um Entschuldigung für das, was er gesagt hat, obwohl er nicht genau weiß, was vorgefallen ist (»Die Welt sieht ganz anders aus, wenn man so drauf ist«, S. 314). Er bekräftigt den in der Zeit seiner zunehmenden Verwirrung getätigten Kauf des gemeinsamen Grabes (»das Grab behalten wir«, S. 315) im Zustand der Besserung, und Alma bestätigt das im Namen aller.

Hält an Freundschaft fest

Die Ereignisse haben sie also alle zusammengeschweißt, auch wenn es eine Krise gab. Ferner ist es denkbar, dass Johann und Alma ein Paar werden, obgleich das spekulativ ist. Alma sagt zwar zum Abschluss von Johanns Freigang aus der Psychiatrie, er möge es nicht falsch verstehen, als sie Johanns Hand nimmt (»Aus uns wird nie ein Paar, Alter, also versteh das jetzt nicht falsch, okay?«, S. 316). Allerdings ist Almas Geste unter Berücksichtigung der Tatsache, dass gut befreundete Jungen und Mädchen eben nicht die Hände halten, vielleicht etwas offener zu verstehen als ihre Worte.

Beate Endres

Beate sieht umwerfend aus, wie Frieder auf den ersten Blick feststellt (S. 13). Sie besucht ein anderes Gymnasium der Stadt (S. 52 f.) und wird von ihrer alleinerziehenden Mutter, die gerne mit ihr Reisen unternimmt, liebevoll behandelt. Ihren brasilianischen Vater hat

Umwerfend schön

Beate nicht kennengelernt, da die Beziehung der Eltern im Kindesalter zerbrach. Die Mutter erzieht Beate aber offenbar frei von allen negativen Einstellungen gegenüber dem ehemaligen Partner, was daran zu sehen ist, dass Beate gelegentlich Geschenke erhält und die Mutter das nicht unterbindet, und sie sich am Ende des Romans für die sechswöchige Freistellung Beates von der Schule einsetzt, damit sie ihren Vater in Brasilien besuchen kann.

■ Vermisst ihren Vater

Ein Gefühl, dass ihr der Vater fehlt, gibt Beate früh zu (»Manchmal ist es schon so, als ob mir innen drin irgendwas fehlt«, S. 166). Ihre Vorliebe für brasilianische Musik (S. 164 f.) dürfte ein Ausdruck dieser über Jahre unerfüllten Sehnsucht sein.

■ Versteckter Humor

Beate ist ein aufgewecktes Mädchen und hat, ähnlich wie Johann und Alma, einen forschen, mitunter auch hintergründigen Humor (S. 76), mit dem sie den anfangs schüchternen Frieder wiederholt in Verlegenheit bringt (»Möchtest du mir auch was sagen oder wolltest du nur meine liebliche Stimme hören?«, S. 104). Ihr insgesamt aber ruhiges Naturell macht sie zu einer guten Zuhörerin, die sich mit Frieders Charakter gut ergänzt. Das zeigt sich in einer Kleinigkeit mit für den Roman motivischer Funktion: ihrem Mut bzw. dem Frieders.

Bei ihrer ersten Begegnung ist sie es, die den Sprung der beiden vom Sprungturm mit den Worten »Das geht nicht […] das geht überhaupt nicht« (S. 14) einleitet, als Frieder und sie im Grunde schon umkehren. Auch später ist sie es, die im Dunkeln als Erste den

Sprung riskiert, als sie beim nächtlichen, illegalen Baden als kleine Bestrafung auf den Turm steigen müssen, um zu springen, und sie Frieder freiwillig begleitet (»Dann sah ich, wie sich Beate hob und nach vorne kippte; ich spannte sofort alles an und ließ mich ebenfalls nach vorne fallen«, S. 123). Auch der Aufenthalt mit Frieder im Tigerkäfig zeugt von Mut und greift auf motivische Weise Frieders Kindheitserlebnis (S. 108 f.) mit dem Hund auf, weil sie beide dem erwachenden Tiger direkt in die Augen sehen (S. 181). Das verbindet beide, als wäre es ein zusätzlicher Beleg, dass sie wie füreinander geschaffen sind.

Ausgesprochen mutig

Beate kommt mit anderen Menschen gut aus. Als er sie noch nicht näher kennt, beobachtet Frieder, wie sie lachend »in einer Gruppe von sieben, acht anderen Mädchen« (S. 53) steht und sich unterhält; mithin wohl keine großen Probleme hat, soziale Kontakte zu knüpfen. Auch Frieders Großvater, der sehr wählerisch und anspruchsvoll im Umgang mit anderen Menschen ist, findet sie erkennbar sympathisch, sodass er sie gleich bei der ersten Begegnung mit in den Zoo zum erkrankten Tiger nimmt (ab S. 172). Beate findet den Großvater ebenfalls sympathisch (S. 173) und insofern decken sich einige Interessen, Vorlieben und Eigenschaften. Zu den Eigenschaften zählt der Hang zur Eifersucht, der bei Beate mindestens so ausgeprägt ist wie bei Frieder.

Kommt mit jedem gut aus

Auf einen Witz Frieders hin, er habe im Haus des Großvaters ein hübsches Zimmermädchen, bekommt er von Beate einen »brutal[en]« Stoß (S. 171) in die Sei-

Eifersüchtiger als Frieder

te, den Frieder als Zeichen der Eifersucht versteht. Auch die enge Bindung mit Alma nimmt Beate mit einer gewissen Eifersucht wahr (»ihr mögt euch schon sehr gern, oder?«, S. 169), was ihre spätere Bereitschaft erklärt, Johanns Behauptung, Frieder und Alma betrieben Inzest, zu glauben. Es kostet Frieder erhebliche Mühe, diesen Vorwurf zu zerstreuen (Kapitel 37). Ihre Eifersucht bekräftigt ihre Verliebtheit in Frieder, die der nicht ernst gemeinte Ferienflirt Beates mit einem anderen Jungen (S. 295) vermutlich eher bestätigt (eine Form der Rache?). Der Schluss des Romans (S. 317) belegt die besagte Liebe ihres Lebens mit Frieder.

Walther Schäfer

Perfektionist

Der »Großvater des Todes« (S. 141), wie er von Johann humorvoll genannt wird, ist einerseits ein schwieriger Mensch. Das liegt an seinem perfektionistischen Wesen. Der rüstige ältere Mann mit dem Professoren- und Doktortitel (S. 101) leitet das Bakteriologische Institut am Klinikum der Stadt. Er hat sich in der Kriegszeit mit Studien über Infektionskrankheiten einen Namen gemacht und anschließend Karriere (S. 100 f.).

Alles ist geregelt

Er erweckt den Eindruck, nichts dem Zufall zu überlassen und streng jede Tätigkeit des Tages einem festen Muster zuzuordnen. Mit der Präzision eines Schweizer Uhrwerks kommt er stets fast zur gleichen Zeit daheim an (S. 67, 125). Er badet morgens bereits vor sechs Uhr in eiskaltem Wasser (»Der Mann war eisenhart«, S. 209) und läuft aus Prinzip zu Fuß (»Wenn es Gott gäbe, hätte er uns gewiss nicht umsonst mit Beinen statt mit Rädern ausgestattet«, S. 97); und zwar in einem Tempo, das dem guten Läufer Frieder Mühe abverlangt, um Schritt zu halten. Die Bemerkung über Gott und die Beine des Menschen lässt erahnen, dass der rationale Mann nicht allzu religiös sein dürfte.

Er legt großen Wert auf gute Umgangsformen in einem konservativen Sinn. So musste Frieder den eigenen Großvater bis zum zehnten Lebensjahr siezen (S. 19, S. 99), und natürlich ist jeder Samstag für ihn ein voller Arbeitstag (S. 62). Es sind nicht nur Gepflogenheiten wie diese, die allen – und Frieder besonders – Angst vor Walther Schäfer machen, wie Frieder meint (S. 19).

■ Konservativ und fleißig

Er pflegt jeden Menschen bei Gesprächen einer Prüfung zu unterziehen (»Der Großvater hatte Johann examiniert, wie er alle examinierte«, S. 25), indem er Fragen stellt. Nach einer kurzen, trockenen Begrüßung erklärt er Friedrich dessen Ferienalltag und nutzt die gemeinsamen Mahlzeiten, um den Jungen in verschiedenen Wissensgebieten in Gespräche zu verwickeln (S. 83), die seine Bildung erkennen lassen.

■ Andauernde Prüfungen

Dabei hat der Großvater ein besonderes Talent, komplizierte Sachverhalte praxisnah zu erklären, wie die mathematische Anekdote mit dem Blatt (S. 95 f.) oder die erfolgreiche Rettung des todkranken Tigers verraten (S. 213 f.). Seine kühle, rationale Art geht aber

■ Naturtalent als Lehrer

im zwischenmenschlichen Bereich mit Defiziten einher, die feinfühligen Menschen wie Frieder unerklärlich sind. Selbst Nana stellt über ihren Mann fest: »Er ist ein egozentrischer Tyrann. Er ist hart gegen sich selbst und glaubt, alle anderen müssten das auch sein. Er verachtet Gefühle – auch seine eigenen – und hasst Schwäche« (S. 129).

Liebe des Lebens: Nana

Nach einer ersten Ehe hat er in Nana zwar die Liebe seines Lebens kennengelernt, ihr aber einen Ehevertrag abverlangt, dessen Inhalte Frieder schockieren (S. 230). Die Bedingungen grenzen Nanas Familie aus und billigen Nana keine Ansprüche aus der Ehe zu, was den Eindruck der Hartherzigkeit Walthers noch steigert. Allerdings entschuldigt Nana dies mit Walthers unschönen Erfahrungen aus der ersten Ehe sowie seinen Bemühungen, in seinem Perfektionismus frühere Fehler konsequent zu korrigieren (S. 233). Zudem zeigen sich trotz Walthers emotionaler Härte andere Facetten seiner Persönlichkeit, die – bildlich gesprochen – auf einen etwas weicheren Kern unter der harten Schale schließen lassen.

Harte Schale, weicher Kern

In der Manier eines Patriarchen sorgt er für Nanas Familie, indem sie, gemessen an der Situation der entbehrungsreichen Nachkriegszeit, großzügig untergebracht und versorgt wird (S. 231 f.). Ferner ist er auffallend hilfsbereit und reagiert sofort, wenn Not am Mann ist, wie die Episode mit dem erkrankten Tiger zeigt oder seine schnelle Reaktion, als Frieder wegen seines tobenden Freundes Johann mitten in der Nacht anruft.

Hilfsbereit

Man hätte auch nicht erwartet, dass Walther nach Frieders teurem Unfug mit dem Bagger im Hintergrund die Wogen glättet und den Schaden bezahlt. »Du verdienst deinen Großvater gar nicht« (S. 281), sagt der erboste Eigentümer des ramponierten Baggers zu Frieder und charakterisiert damit indirekt Walthers noble Haltung. Für einen Mann, der Gefühle kaum zeigt und, wenig romantisch, Liebe als eine »temporäre Hormonvergiftung« (S. 153) definiert, sind derlei stille Gesten vielleicht einfacher zu bewerkstelligen. Frieder, der seinen Großvater so gut wie nie lächeln sieht (S. 152), kommt jedenfalls nicht aus dem Staunen heraus, als er einen alten Liebesbrief Walthers an Nana findet (S. 150), in dem er einige schmachtende Formulierungen entdeckt, die beweisen, dass der kühle Mann auch unerwartete Seiten an sich hat.

Liebt seinen Enkel

Walther zeigt Frieder gegenüber mit zunehmender Dauer der Ferien Zuneigung im Rahmen seiner Möglichkeiten. Das Eis gegenüber Nanas Familie scheint bereits in der Kindheit gebrochen worden zu sein, als der kleine Frieder während einer schweren Erkrankung seiner Mutter in Walthers Haus aufgenommen wurde und sich entgegen allen Befürchtungen Walthers als ruhig und aufgeweckt erwies (S. 234). Auch die Hundeepisode (S. 108 f.), in der der erst fünfjährige Frieder Mut bewies und die Walther auf eine gute Erziehungsleistung Regines schließen ließ, dürfte dazu beigetragen haben, dass Walther die Idee hatte, Frieder in den Sommerferien bei sich aufzunehmen und lernen zu lassen (S. 107, 235).

Fördert Frieder

In dieser Zeit unterstützt er Frieder auch, indem er ihm einen Job im Institut besorgt; möglicherweise in der Hoffnung, das Interesse an einem späteren Studium seiner eigenen Fachrichtung zu wecken, wie man aus dem Kittel folgern könnte, den Walther vorausblickend mit Frieders Namen besticken lässt (S. 101). Frieders Entschluss, die letzte Zeit der Ferien auch nach der Rückkehr seiner Eltern bei seinen Großeltern zu bleiben, ist ein Zeichen der gewachsenen Verbundenheit.

Nana

Alterslose Schönheit

Die 57-Jährige war und ist eine schöne Frau, wie Frieder feststellt (S. 65). Mit ihrem offenen, herzlichen Naturell nimmt sie Frieder gleich zur Begrüßung in die Arme (»überschwänglich wie immer, voller Freude«, S. 60) und sorgt mit Kosenamen (»Friederchen«, S. 60; »Reginchen«, S. 63) für eine heimelige Atmosphäre, die Friedrich ja in Erwartung saurer Sommerferien dringend braucht. Er fühlt sich schnell wohl und ist froh, bei Nana und dem Großvater zu sein.

Leidenschaftliche Künstlerin

Nana ist eine Künstlerin. Überall im Haus hängen Bilder (S. 61) und laufend arbeitet sie an ihren Kunstprojekten. Auf die Frage Frieders, ob sie gerne berühmt geworden wäre, erfährt er, dass sie an der Münchener Kunstakademie studiert hat und eine Zeitlang mit dem Gedanken einer Karriere spielen konnte (S. 64), aber recht früh im Alter von 18 Jahren mit ihrem ersten Mann ein Kind – noch in der Kriegszeit – bekommen hatte (Frieders Mutter Regine) und nach dem Krieg ein angedachtes zweites Studium nicht zustande kam, weil sie sich in Walther verliebte (S. 65).

Die Familiengeschichte ist wie bei so vielen während des Krieges bzw. in der Nachkriegszeit turbulent. Auf der Flucht vor der Roten Armee mit nur wenigen Habseligkeiten wird im völlig überfüllten Bahnhof von Danzig 1945 der Koffer mit Wertsachen gestohlen. An eine Verfolgung des Diebes ist nicht zu denken, weil man sich sonst aus den Augen verlieren würde (S. 231). Die nächsten drei Jahre lebt Nana mit ihrer Mutter und ihren Kindern in »einem winzigen Zimmerchen unter dem Dach« (S. 231) eines Hauses in Bayern, das wie bei anderen Familien auch von den Behörden beschlagnahmt wurde, um Millionen von Flüchtlingen und Vertriebenen aus dem Osten unterzubringen. Diese Zeit ist für Nana und ihre Angehörigen freudlos, da sie wegen der Zwangseinquartierung nicht gemocht werden und es keine Privatsphäre gibt. Als sie 1948 wegen einer schweren Erkrankung in eine Klinik muss, verliebt sie sich auf den ersten Blick in den damals behandelnden Arzt, Frieders Großvater Walther (S. 80) – und umgekehrt. Auf die bereits beschriebenen schwierigen Bedingungen Walthers für die Ehe geht Nana in ihrer Verliebtheit ein, zumal die Aussicht auf ein besseres Leben in der entbehrungsreichen Nachkriegszeit verlockend ist (S. 232).

■ Turbulente Nachkriegszeit

Was Frieder an Nanas Entscheidung nicht verstehen kann, erklärt sie mit der überwältigenden Kraft der Liebe (»Gegen die Liebe kannst du nichts machen«, S. 129) und mit ihren Extremen, die für die Familie Büchner kennzeichnend seien (»In unserer Familie, Frieder, ist Liebe immer beides zugleich. Das größte Glück und die größte Katastrophe«, S. 65). Sätze wie diese verraten Nanas Lebensklugheit, mit der sie Frieder in den sechs Wochen seines »großen Sommers« zur Seite steht und zur Vertrauensperson wird. Sie weiß, dass selbst unter den besten Freunden und trotz der tiefsten Liebe Streit vorkommt, dem die Versöhnung folgt (»Das renkt sich wieder ein! […] So was kommt vor«, S. 256). Und offenbar ist es ihre eigene Erfahrung mit Walther, die sie befähigt, an der Art und Weise, wie Frieder Beate ansieht, den Grad seiner Verliebtheit zu erkennen (S. 192). Diese Verliebtheit lässt sie Frieders Tabubruch der heimlichen Lektüre ihrer Tagebücher verzeihen. Nach einer saftigen Ohrfeige und tagelangem Schweigen gibt sie die Tagebücher in Frieders Hände (nicht die ihrer Kinder), weil sie um seine Nöte und offenen Fragen weiß (S. 192).

■ Lebenskluge Menschenkennerin

Ihre Herzlichkeit wird zuvor noch zusätzlich unterstrichen dadurch, dass sie Frieder trotz ihrer Verärgerung wegen der Tagebücher spontan in die Arme schließt, als sie mitbekommt, dass er geschockt von der Todesnachricht von Johanns Vater ist (S. 187). Ihre Hilfsbereitschaft und (groß-)mütterliche Fürsorge verdeutlichen sich zudem in kleinen Gesten wie ihrer Bereitschaft, Frieder bei der Zubereitung von selbstgemachtem Marzipan zu helfen, mit dem er Beate eine Freude nach ihrem Streit machen möchte (S. 284–

■ Nanas Herzensgüte

286). Nana nimmt vom ersten Moment an die Rolle einer mütterlichen Vertretung für Frieders Mutter Regine ein, was dank ihrer Herzlichkeit, der Fähigkeit zuzuhören oder wegen ihrer Kochkünste sofort gelingt.

4. Form und literarische Technik

Zum Aufbau und zur Form

Der Aufbau begünstigt das Textverständnis

Der große Sommer umfasst 312 Textseiten und ist in 41 Kapitel gegliedert, die mitunter recht kurz sind, wie das 38. Kapitel mit noch nicht einmal drei Seiten. Insgesamt bleibt der Umfang der Kapitel begrenzt; das ereignisreiche 28. Kapitel ist das längste mit 20 Seiten. Arenz zeigt in diesem Roman, aber auch weiteren seiner Werke eine eher traditionelle Erzählweise und verzichtet auf die Lektüre erschwerende erzählerische Experimente. Ins Auge stechen die in acht Kapiteln (2, 7, 15, 22, 28, 32, 36, 41) im Kursivdruck – mit einer Ausnahme – vorangestellten kurzen Textpassagen, die den Erzählrahmen bilden.

Außen- und Binnenhandlung

Es stellt sich heraus, dass es sich um Frieder handelt, der als Erwachsener das gemeinsam gekaufte Grab der vier Freunde sucht (vgl. 30. Kapitel), dabei an Walthers und Nanas Grab vorbeikommt und sich wohl an die Ereignisse des damaligen »verrückten Sommers« (S. 123) zurückerinnert. Der zeitliche Abstand des äußeren Erzählrahmens zum inneren Rahmen (das Romangeschehen) müsste bedeutend sein, weil sich Frieder nicht mehr gut an die Lage des Grabs erinnert und der Tod der Großeltern, die im Handlungsjahr des Sommers 1981 eigentlich nicht besonders alt waren, wohl auch etwas zurückliegt.

Dreigliedriger Aufbau

Es bietet sich an, im Roman einen dreigliedrigen Aufbau zu erkennen. Die ersten drei Kapitel sind wie eine Einführung oder Einleitung in die Handlungsgrundlagen des Romans zu verstehen: Frieders Notenbild ist schlecht und er muss in die Nachprüfung (1. Kapitel); er lernt Beate kennen und wohl auch lieben (2. Kapitel), und die Eltern beschließen, ihn wegen seiner Noten in den Ferien zur Vorbereitung auf die Nachprüfung beim strengen Großvater einzuquartieren (3. Kapitel).

Dann folgen die Kapitel 4 bis 33. In diesen Kapiteln ereignet sich der »verrückte[] Sommer[]« (S. 123) in Frieders Leben, der den Romantitel *Der große Sommer* begründet. Möglicherweise sind die Adjektive »verrückt« und »groß« auch für das Verständnis der Struktur der Kapitel 4 bis 33 von Nutzen. Es fällt auf, dass es sich um ein einziges Auf und Ab handelt, eine Achterbahnfahrt der Gefühle. Wenn es in einem Kapitel etwas ruhiger oder erfreulich zugeht, folgt spätestens im Folgekapitel etwas Aufwühlendes, wenn nicht gar eine Katastrophe. Manchmal tauchen diese Gegensätze innerhalb eines Kapitels auf, besonders prägnant im 28. Kapitel. Es ist nicht übertrieben, vom sprichwörtlichen prallen Leben mit all seinen Extremen zu sprechen, wie sie sich durch Liebe, Freude, Kummer und Tod ergeben.

■ Nach Einleitung: »verrückter Sommer«

Die Kapitel 34 bis 41 sind dann der Abschluss des »verrückten Sommers«: In diesen Kapiteln werden alle Probleme, die sich zuvor angehäuft haben, angegangen und gelöst. Die Lösung von Frieders großen Problemen (der kaputte Bagger, die Freundschaft mit Johann, die Beziehung mit Beate, der kritische schuli-

■ Der Schluss: Problemlösungen

sche Leistungsstand) verbindet die letzten Kapitel auffallend. Dass sich neue Prüfungen des Lebens ergeben werden, wird aber angedeutet (so die sechswöchige Trennung von Beate wegen ihrer Reise). Gegensätze sind gewissermaßen das Gestaltungsprinzip des Romans. Die inneren Höhen und Tiefen von Frieder bzw. seinen jugendlichen Freunden und der Lernprozess, den die großen existentiellen Fragen des Lebens ihnen abverlangen, sind die Hauptthemen des Romans. Damit ergibt sich das folgende Schema zum Aufbau.

Ich-Erzähler II, Außenrahmen, der erwachsene Frieder

Einleitung (1.–3. Kap.)	**Hauptteil** (4.–33. Kap.)	**Schluss** (34.–41. Kap.)
Frieders Lage vor den Ferien: • schulisches Versagen • Liebe auf den ersten Blick • Unlust auf die Ferien beim Großvater	»Der große Sommer«, Höhen und Tiefen	Problemlösungen für: • Sachbeschädigung nach unreifem Verhalten • Krise in der Liebe • Krise in der Freundschaft • Gefährdung des Schulabschlusses

Ich-Erzähler I, Binnenhandlung, Frieder im Sommer 1981

Abb. 2: Aufbau des Romans

Zur Erzählgestaltung

Erzählerisch fällt der Ich-Erzähler auf, der in der Erzählwelt des inneren und äußeren Erzählrahmens handelt und personengleich ist.[2] Es handelt sich um Friedrich Büchner, der zuvor charakterisiert wurde. Der Wechsel zwischen den Erzählebenen ist vielleicht nicht auf Anhieb klar, aber der Kursivdruck des äußeren Erzählrahmens erleichtert den Zugang zum Roman und seiner Struktur. Die erzählte Zeit setzt etwa zwei Wochen vor den Sommerferien ein (S. 21) und endet mit dem ersten Schultag nach den Ferien (41. Kapitel). Die Handlung spielt im Jahr 1981 (»1948. Dreiunddreißig Jahre«, S. 126; damit ergibt sich das Handlungsjahr 1981, also 33 Jahre nach der Niederschrift der Tagebücher im Jahr 1948).

■ Zwei Erzählrahmen, ein Ich-Erzähler

Die erzählte Zeit von etwa acht Wochen führt im Verhältnis zur Erzählzeit des Romans zu Zeitraffungen. In der Regel werden in allen Erzähltexten die nicht erzählenswerten Dinge gerafft. Für Frieder sind es die zähen Vormittage, an denen er sich mit dem ungeliebten Schulstoff auseinandersetzt (so beispielsweise auf S. 67). Das Erzähltempo verlangsamt sich dann in den Nachmittags- und Abendstunden, in denen Frieders eigentliches Leben stattfindet. In Ge-

■ Acht Wochen, Sommer 1981

2 Vgl. Sabina Becker / Christine Hummel / Gabriele Sander, *Literaturwissenschaft. Eine Einführung*, 2., erw. und aktual. Aufl. Stuttgart 2018, ab S. 123; ausführlich: Matías Martínez / Michael Scheffel, *Einführung in die Erzähltheorie*, München [11]2020.

sprächen mit Nana wie auf S. 129 ist das Erzählen zeitdeckend, was in Erzählungen stets auf bedeutungsvolle Momente hindeutet, die es wert sind, genau ausgeführt zu werden. In den zeitdeckenden Gesprächen mit Nana erhält Frieder über Nanas eigene Erfahrungen im Umgang mit dem Verlieben auf den ersten Blick (Walther) mehr oder weniger direkte Ratschläge.

Das auffallendste erzählerische Mittel ist der Erzählerbericht, der die Ereignisse des Sommers 1981 im Erzähltempus Präteritum referiert (»Ich saß neben ihm, damals. Durch die offenen Fenster des Klassenzimmers klang verweht die Glocke vom Friedhof herüber«, S. 5).[3] Daneben finden sich Beschreibungen, so vor allem Frieders viele Naturwahrnehmungen wie z. B. auf der nächtlichen Fahrt zum Schwimmbad im 17. Kapitel ab S. 111, in die mitunter Reflexionen eingebunden sind (»Wie gut, dass es eigentlich zwei Wohnungen in Großvaters Haus waren«, S. 111). Dies sorgt, zusammen mit der gewählten Erzählform eines Ich-Erzählers, für ein hohes Maß an Einblick in Frieders Gedankenwelt und damit für Identifikation mit diesem jungen Mann, dessen Denken, Fühlen und Handeln vom Lesepublikum nachvollzogen und geteilt werden kann.

■ Erzählgestaltung und Identifikation

■ Viel Figurenrede

Eine wichtige Form der Figurenrede liegt in der direkten Rede in den szenischen Passagen vor, wie den

3 Einen einprägsamen Überblick zu den erzählerischen Mitteln bietet Yomb May, *Kompaktwissen XL. Abiturwissen Deutsch*, 2., verb. und erw. Ausg. Stuttgart 2018, ab S. 85.

Gesprächen zwischen den Freunden oder denen zwischen Frieder und Nana bzw. Walther. Hier kann man die Charaktereigenschaften und Ansichten der einzelnen Figuren einschätzen. Auch die modernen Formen der Figurenrede wie die erlebte Rede (»Konnte die Frau sie nicht hören? Oder war es Herta egal?«, S. 135) geben die Chance, Frieders Gedanken zu folgen und sich wie hier in die Lage eines Menschen zu versetzen, der einem anderen beim Sterben zusieht. Die erlebte Rede findet sich auch an anderen Stellen wieder, als Johann während seines Anfalls den schrecklichen Inzestvorwurf äußert und sich Frieder völlig perplex fragt, warum Beate das zu glauben scheint (»Wie konnte sie das glauben?«, S. 249), oder als er sich mit Beate ausspricht (ab S. 294). Punktuell kommen auch wenige Sätze hinzu, die eher als innerer Monolog einzuordnen sind (»Verfluchte, verdammte Scheiße«; »Alles, nur nicht zum Fluss. Das wäre … Das ging jetzt nicht«, S. 294). Insgesamt wirkt durch die Auswahl der erzählerischen Mittel der Erlebnisbericht des Ich-Erzählers Friedrich Büchner authentisch und unmittelbar.

Die Distanz zwischen den Lesern und der Erzählwelt wird weitgehend aufgelöst, sodass sich viele in die eigene Zeit der Jugend zurückversetzt finden, wie die Buchrezensionen und Bewertungen zeigen (vgl. Kapitel 8 dieses Lektüreschlüssels).

Aufgelöste Distanz

Motive und Symbole

In einem nächsten Schritt gilt es, die wichtigsten Motive und Symbole im Roman vorzustellen. Dabei kann auch schon etwas näher auf dessen Sprachgestaltung eingegangen werden.

Motive/ Symbole	Funktion/Bedeutung
Sprung und Fall	Zeigt neben Mut den »gemeinsamen Sprung ins Leben« (mehrmals zusammen mit Beate); die Möglichkeit des Fallens oder Versagens im Leben wird angedeutet.
Mauern und Kanten	Andeutung der Gefahr oder der Möglichkeit zu stürzen (»Zwischen Sicherheit und Tod«, S. 147); aufs Leben übertragen: Möglichkeit eines schicksalhaften Fallens.
Mut	Zeigt Wesenseigenschaft Frieders (Hunde- und Tigerepisode, Sprünge im Schwimmbad). Sein Mut beeindruckt Walther, Beate ist ihm hier gleich (charakterlich ideale Partnerin).
Schwimmen, Andrea Doria	Bedeutet den Versuch, sich im Leben immer über Wasser zu halten; verbindet Beate und Frieder. Das Passagierschiff Andrea Doria: fast eine Katastrophe (Johann und Frieder machen Krisen durch).
Rio de Janeiro	Sehnsuchtsort; steht für Lebensfreude und die Fähigkeit, genießen zu können, was man nicht krampfhaft erjagen kann (S. 209).

Flug und Vögel	Stehen für Freiheit und die Chance, dem Alltag oder Krisensituationen zu entkommen.
Eifersucht	Eine scheinbare Schattenseite der Liebe.
Farben	Verbinden dezent wesensnahe Personen (Nana, Beate), untermalen Leidenschaft (Rot) oder Trauer (Schwarz).
Tod und Liebe	Immer wieder im Roman aufgegriffen, Gegensätze des Lebens. Der Tod kann aber auch die Zuneigung verdeutlichen, weil die noch lebenden Partner, Verwandten oder Freunde nicht vergessen können.
Natur	Naturmotive oder Natursymbole stehen mal für das blühende Leben (Bäume) bzw. den Kreislauf des Lebens. Wettermotive wie Sturm und Regen zeigen inneren Aufruhr bzw. Trauer und Tränen.
Bilder	Stehen für Momentaufnahmen eines Prozesses oder laufende Reflexionsvorgänge.
Das Nullenheft	Zeigt zu Beginn Unreife und Substanzlosigkeit; die Beerdigung am Romanende verdeutlicht, dass die Jugendlichen nun lernen, etwas mit sich anzufangen.

Sprung und Fall

Im zweiten Kapitel des Romans besteigt Frieder den Sprungturm des Schwimmbads, in dem er auch bei schlechtem Wetter zu den Stammgästen zählt. Er hat sich selbst die Herausforderung auferlegt, die Höhe seiner Sprünge schrittweise zu steigern. Die Angst vor der neuen Höhe lässt ihn ans Umkehren denken, doch just in dem Moment kommt Beate hinzu. Sie ist es, die ihn zum gemeinsamen Sprung antreibt (S. 14), was ihre gemeinsame Zeit einleitet. Der Sprung vom Turm ist damit als Sprung ins Leben zu verstehen, das ja immer auch mit Risiken behaftet ist; ganz gleich, wie behütet man aufwächst. Auch der Sprung aus der Höhe ins Wasser kann eine sehr schmerzhafte Erfahrung sein (»fiel unkontrolliert durch die leere Luft und knallte mit der Seite so aufs Wasser, dass mir der Atem wegblieb«, S. 14).

■ Sprung und Fall

Daneben steht die Entscheidung, gemeinsam zu springen, nicht nur für verbindende Charaktereigenschaften wie Risikobereitschaft und Mut, vielmehr wird der Sprung symbolhaft zum gegenseitigen Versprechen, miteinander nicht nur dieses Wagnis einzugehen. Das Motiv des Sprungs wiederholt sich im Handlungsverlauf und dokumentiert die wachsende Verbindung von Beate und Frieder. Im 17. Kapitel springen sie zusammen mit Alma und Johann vom Dreimeterbrett (S. 119), was den Sprung als Ausdruck gegenseitigen Vertrauens und tiefer Freundschaft erscheinen lässt. Kurz darauf möchte der Bademeister, dass Frieder für seine Bereitschaft, sie alle nicht für das illegale Betreten des Schwimmbads anzuzeigen, mit einem Sprung aus größerer Höhe bezahlt. Beate geht freiwillig mit Frieder hoch, was die beiden – im Gegensatz zu Johann und Alma – im Sinne der beschriebenen Symbolik noch mehr verbindet. Und wieder ist es Beate, die den Sprung einleitet. Im 27. Kapi-

■ Gemeinsam springen, gemeinsam leben

tel schließlich finden sich Beate, Alma und Frieder auf dem Sprungturm wieder und perfektionieren ihre Sprungtechnik. Johann steht bezeichnenderweise »am Rand« (S. 207) und schaut mit einem Bier in der Hand nur zu, was seine bereits eingetretene psychische Krise und natürlich auch die kurz darauf folgende Zerreißprobe der Freundschaft andeutet.

Mauern und Kanten

Eng verwandt mit dem Sprung ins Wasser bzw. dem Stehen an der Kante des Sprungbretts ist auch der Aufenthalt am Abgrund mit der Gefahr des Falls und den weitaus ernsteren Konsequenzen. Einer der schönsten Momente in Frieders speziellem Sommer ist der abendliche Ausflug zum Kastell der Stadt (20. Kapitel), wo die Freunde schließlich nach ihrem Konsum von Wein und Whisky ausgelassen auf der Mauer tanzen, die zwar recht breit gebaut ist, auf einer Seite aber »bestimmt fünfzehn Meter« (S. 141) abfällt.

■ Mauern und Kanten

Die symbolische Situation »[z]wischen Sicherheit und Tod« (S. 147) kann man als unbedachtes Handeln begreifen, wie es gelegentlich bei Kindern und Jugendlichen der Fall ist. So geraten, wieder einmal, Beate und Frieder beim Tanz zusammen gefährlich nah an den Rand, was an die Verbindung der beiden auf dem Sprungturm erinnert, die zwischenzeitlich gewachsen ist. Eine weitere Deutung könnte auf das Leben eingehen, in dem man auch schicksalhaft tief fallen kann; sei es nun durch Scheitern, Unfall oder

■ Zwischen Sicherheit und Tod

Krankheiten. Johanns Psychose greift Letzteres auf. Auf dem Höhepunkt dieser Krise steigt er auf die besagte Mauer und läuft zu Frieders und Almas Entsetzen an der lebensgefährlichen Kante herum in der wahnhaften Überzeugung, ihm könne nichts passieren (ab S. 263). Sein Zustand ist ja auch mehr als bedrohlich.

Mut

■ Mut

Neben dem Mut zu springen beweist Frieder auch in anderer Hinsicht überdurchschnittlichen Mut. In seiner Kindheit eroberte er das Herz seines Großvaters im Sturm, als er einem wildgewordenen Hund im Alter von gerade einmal fünf Jahren unbeeindruckt befahl, sich zu setzen und schließlich zu verschwinden, als die Erwachsenen nicht eingreifen konnten, worauf der Hund tatsächlich das Weite suchte (S. 108 f.).

■ Hund und Tiger

Dies wiederholt sich im deutlich größeren Rahmen, als der Großvater einen kranken Tiger untersuchen muss und Frieder ihn begleiten darf (ab S. 171). Die kurze Betäubungsdauer des Tigers ist nicht zu berechnen, und trotzdem geht Frieder mit in den Käfig. Wichtig ist in diesem Zusammenhang, dass die Wiederholung der Situation (Begegnung mit einem gefährlichen Tier) zusammen mit Beate stattfindet. Damit ist der wiederholt bewiesene Mut zum einen ein Motiv, das beide einmal mehr verbindet. Zum anderen ist es auch eine Wiederholung bzw. Bestätigung der Tatsache, dass Walther seinen Enkel wegen seines

Mutes liebt, was sich in dieser Situation wohl auch auf Beate ausweitet. Und tatsächlich sagt Walther im Anschluss: »Gut, dass ihr heute dabei wart« (S. 182).

Schwimmen

Schwimmen ist Frieders große Leidenschaft, und wie es sich herausstellt, teilt Beate diese Freude am nassen Element. Damit assoziativ verbunden ist der philosophische Gedanke an den Fluss des Lebens oder die Vorstellung, dass man in Krisensituationen sprichwörtlich versuchen muss, sich irgendwie über Wasser zu halten, um nicht zu ertrinken (sprich: zu scheitern und unterzugehen).

■ Schwimmen

Frieder muss das in schulischer Hinsicht, und Johanns Lage ist nach dem Tod seines Vaters so, dass er unterzugehen droht und nur in höchster Not vor den Auswirkungen der Psychose gerettet werden kann. Das Schwimmen bekommt neben dem Vergnügen als Freizeittätigkeit eine grundsätzliche bildliche Bedeutung, in der sich das Individuum mit gewissen Anstrengungen in einem Umfeld bewähren muss, um sich nicht selbst zu gefährden. Symbolgeschichtlich steht das Wasser ohnehin auch für das Leben, das zu meistern man lernen muss.[4] Interessant ist in diesem Kontext eine Redewendung, die als Sprachmotiv kurz auftaucht.

■ Sich über Wasser halten

4 Vgl. Udo Becker, *Lexikon der Symbole*, Freiburg i. Br. / Basel / Wien 1998, S. 324–327.

Andrea Doria

Mit dem Hinweis auf den Passagierdampfer »Andrea Doria« (S. 237, 265, 308), der zwar unterging, aber dessen Passagiere gerettet werden konnten, wird die Symbolik des Schwimmens situativ passend eingefangen.

Rio de Janeiro

Rio

In Frieders Gedankenwelt sowie der seiner Freunde kommt der südamerikanischen Metropole Rio de Janeiro eine besondere Rolle zu. Im Schulalltag droht bereits ab 9:30 Uhr der Frust, weil man »noch mindestens vier« (S. 5) Schulstunden vor sich hat. Gedanklich entfliehen sie daher nach Rio, wo die schönsten Freuden des Lebens warten.

Sehnsuchtsort

Frieders erster Satz des Romans gilt der Stadt Rio de Janeiro und der Einschätzung, dass Johann es wohl als Erster schaffe (S. 5), diesen Sehnsuchtsort zu erreichen, der für ihn gleichbedeutend mit immerwährender Lebensfreude ist. Der erwachsene Frieder weiß jedoch, dass man Rio nirgends finden kann, wenn man es nicht in sich trägt (S. 209), was die Fähigkeit meint, das Lebensglück im Hier und Jetzt zu finden und zu begreifen. Hier gibt es eine starke Verbindung zu Beate, die einen brasilianischen Vater hat, der sie nach all den Jahren doch noch nach Brasilien einlädt (S. 306). Damit ist es Beate, der das beschriebene Glück zuteilwird. Wichtiger aber ist, dass auch Beates Gedanken um Brasilien kreisen, was der Beziehung der beiden von Beginn an auf scheinbar schicksalhafte Weise eine ganze Reihe wichtiger seelischer Übereinstimmungen gibt, die für dauerhafte Liebe günstig sind. Es fühlt sich, um es mit Frieder und Beate zu sagen, für die beiden richtig an (S. 297).

Flug und Vögel

Das Fliegen sowie Vögel stehen im Zusammenhang mit Rio. Frieder beobachtet wiederholt die Mauersegler, die frei in der Sommerluft umherschwirren und ihm vor Augen führen, dass es mitunter von Vorteil wäre fliegen zu können (»Das Sri Sri der Mauersegler schnitt das Licht dieses Sommertags in hellgelbe, aufregend saure Zitronenscheiben und ich dachte, man müsste draußen sein und nicht hier drin«, S. 5). Im zitierten Kontext erwartet Frieder seine vermasselte Lateinarbeit und möchte folglich mit der Freiheit eines Vogels dem Ernst der schulischen Lage entkommen. Die Mauersegler tauchen auf, als Frieder sich erstmals auf den Weg zu Beate macht (S. 68) und er körperlich und seelisch angespannt ist, aber auch so schnell wie möglich zu ihr gelangen möchte.

Flug und Vögel

Als die beiden ihren Streit haben und Frieder sich entschließt, vor ihrem Haus zu warten, bis sie zu ihm herunterkommt, sind die Mauersegler wieder da und machen sich deutlich bemerkbar (»Die Mauersegler waren auf einmal unglaublich laut«, S. 294). Damit zeigt sich die motivische Bedeutung dieser Vögel, die den Wunsch des Ich-Erzählers veranschaulichen, Stresssituationen gleich welcher Art lieber zu entgehen. Zudem lässt der Vogelname »Mauersegler« auch

Freiheit und Entkommen

Assoziationen mit dem Nomen »Mauer« und der weiter oben ausgeführten besonderen Bedeutung der Mauer zu, die ja die zwei Möglichkeiten des Fallens und des Sicherseins bietet, wie im 20. Kapitel zu sehen ist. Aber die Mauersegler können auch ein positives Motiv sein, das die Schönheiten des Sommers in Erinnerung ruft; so auf S. 170, als Frieder glücklich mit Beate spazieren geht.

Eifersucht

Eifersucht

Das Eifersuchtsmotiv ist untrennbar mit der Liebe verbunden. Nana hat Frieder vorausdeutend gesagt, dass in der Familie Büchner die Liebe das »größte Glück und die größte Katastrophe« (S. 65) zugleich sei. Die grammatischen Superlative (»größte«) deuten an, dass es sich in der Liebe und den dazugehörenden Gedanken schnell um Extreme handelt, die ganz schnell unvernünftig werden können.

Harmlos ist die Eifersucht, wenn der Liebende (in dem Fall Frieder) die Angebetete (Beate) zusammen mit der eigenen Schwester oder anderen geliebten Familienmitgliedern sieht und sich etwas schwertut, deren Aufmerksamkeit geteilt zu wissen (S. 143).

Geteilte Aufmerksamkeit

Frieder hat aber kurze Eifersuchtsanfälle, nur weil er Johann müde antrifft und sich vielleicht vorstellt, dieser könne Beate nachts getroffen haben (S. 211). Auch eine positive Bemerkung Beates über Johann entfacht bereits Eifersuchtsgefühle (S. 243). Man sieht: Lieben will gelernt sein. Umgekehrt ist bei Beate die

Eifersucht offenbar auch etwas stärker ausgeprägt, was die Wesensgleichheit der beiden unterstreicht und natürlich verdeutlicht, dass es schwer ist, die Liebe kennenzulernen. So verkraftet Beate allein den Gedanken an eine Untreue Frieders kaum. Dramatisch wird es, wenn man anfängt, dem anderen etwas zu unterstellen. Beates Reaktion beim Gedanken, Frieder könne ein hübsches Zimmermädchen im Haus des reichen Großvaters haben (S. 171), oder ihre irrationale Reaktion auf Johanns Unterstellung hin (die erst spät besänftigt werden kann, S. 296–298), zeigen das. Auch Großvater Walthers Ex-Frau bereitete Nana Kummer (S. 193), sodass man in der Summe festhalten kann, dass das Eifersuchtsmotiv die emotionale Intensität der Liebe vor Augen führt, mit der umzugehen erlernt werden muss.

■ Oder Unterstellungen

Farben

Dezent bekräftigen Farbmotive die Tiefe der Liebe. Als Frieder erstmals Beate sieht, fällt ihm ihr grüner Badeanzug (S. 13) ins Auge, der zu ihrem dunklen Haar und ihren wiederum grünen Augen (S. 15, 123) passt. Die bereits genannten Belege für eine geradezu schicksalhafte Fügung der Begegnung werden auf der Ebene des Farbmotivs ergänzt durch Nanas grünen Ring (S. 192), den Frieder in dem Moment wahrnimmt, als Nana ihm die höchst privaten Tagebücher aus dem Jahr 1948 anvertraut, in denen sie ihrer Liebe zu Walther Ausdruck verleiht und die Frieder im Grun-

■ Farben

de braucht, weil sie ihm Hilfe und Erklärung zugleich in seiner Situation bedeuten. Beates Augen leuchten grün, als sie und Frieder den Tiger mutig anfassen (S. 180). Durch die Farbe Grün werden so zwei in Liebesdingen für Frieder wichtige Frauenfiguren motivisch verbunden. Die Bedeutung der Liebe zu Beate bestätigt sich durch die Farbe Rot. Als Beate und Frieder verliebt ihre Hände in der Kirche gegen eine Buntglasscheibe pressen, deutet Beate die Situation mit der Farbe der Liebe: »Rot ist heiß« (S. 197).

Der Tod und die Liebe

Ein anderes Motiv und seelisches Extrem zugleich ist die Erfahrung des Sterbens und des Verlusts von geliebten Menschen, der Umgang mit dem Tod. Als Frieder seine Schwester Alma im Altersheim besucht, wo sie ein Praktikum absolviert, wird er Zeuge, wie eine ältere Dame versucht, die Einrichtung zu verlassen, dabei aber im letzten Moment von einer Pflegerin aufgehalten wird. Die ältere Dame wird deswegen vulgär und ausfällig. Es stellt sich heraus, dass die Dame vermutlich dement ist, weil sie ihren Mann besuchen will, der aber bereits seit 20 Jahren tot ist (S. 132 f.).

■ Tod und Liebe

Diese im Grunde rührende Szene stimmt auf das Folgegeschehen ein, weil man sich beim Lesen bewusst wird, dass diese ältere Dame ihren Mann nicht vergessen hat und es sie zu ihm drängt, obwohl die mutmaßliche Demenzerkrankung, medizinisch betrachtet, bekanntermaßen nach und nach alle Erinne-

■ Unvergessener Partner

rungen löscht. Kurz darauf wird Alma von einer erfahrenen Pflegerin aufgefordert, einer anderen älteren Frau beim Sterben zuzusehen und zu lernen, worauf vorher zu achten ist; Frieder darf anwesend sein.

Der Tod wird in der Altersheim-Szene insgesamt mit der Liebe und dem Denken an geliebte Menschen verknüpft, sodass Frieder in ein Wechselbad der Gefühle rund um die Liebe geworfen wird, zumal er ja unmittelbar zuvor versuchte, Beate anzurufen, und dabei in der Erinnerung an ihren ersten Kuss schwelgte (S. 131). Der Tod, der immer auch Verlust für die Menschen bedeutet, die den Verstorbenen lieben, wird nochmals zum beherrschenden Thema, als Johanns Vater unerwartet stirbt.

■ Liebe und Tod in Verknüpfung

Dieses Unglück macht deutlich, wie sehr Johann seinen Vater liebt, obwohl er Frieder gegenüber eher den Eindruck erweckt, mit seinen Eltern ein schwieriges Verhältnis zu haben (S. 91). Die Psychose ist Ausdruck von Johanns Überforderung, den Tod seines Vaters zu verkraften, wie besonders die Aktentasche seines Vaters andeutet, die er dauernd bei sich trägt und an die er sich klammert. Dass es über den Tod bzw. das Motiv des Todes um die Liebe geht, kann man an der Beerdigung von Johanns Vater erkennen. Am Tag der Trauerfeier sind Beate und Frieder zu früh in der Kirche und betrachten dabei in Ruhe ihr imposantes Inneres.

■ Verlust verdeutlicht, was jemand bedeutet

Dabei berühren beide die Buntglasfenster, durch die die Sonne scheint. Sie stehen eng beieinander, was Frieder und Beate als erregend empfinden, und stellen fest, dass die roten Scheiben am heißesten sind (S. 197). Beate stellt den Bezug zum Farbmotiv Rot her, das bekanntlich die Liebe assoziieren lässt (»Passt doch. Rot ist heiß«, S. 197). Die Situation zeigt durch den Kontrast eindrücklich das strukturelle Prinzip der Gegensätze im Roman, denn Frieder ist sich bewusst, dass der Sarg mit Johanns Vater in der Kirche steht, während er mit Beate glücklich ist, oder dass die Fenster heiß sind, während die Luft im Dom kühl ist.

■ Literarisch oft verwendet: Kontrast

Naturmotive

■ Naturmotive

Zum Schluss sei noch auf die Fülle der Naturmotive hingewiesen, die mit Frieders laufenden Naturbeobachtungen verknüpft sind und sich in das Gestaltungsprinzip der scharf kontrastierten Abfolge aus Glück und Unglück, Freude und Leid einfügen. Wenn Frieder die Bäume beschreibt oder die Sommerdüfte, dann ist es ein Lobgesang auf das Leben und dokumentiert Frieders positiv gestimmten Charakter, der ihn befähigt, Rückschläge hinzunehmen und trotzdem den Kopf nicht hängen zu lassen.

■ Bäume: Symbol für Leben

Symbolgeschichtlich stehen Bäume für das Leben, und die Abfolge aus dem Sprießen neuer Blätter und Triebe im Frühjahr, gefolgt vom Fall des Laubes im Herbst und Winter, ist ein Sinnbild, um das Leben mit all seinen Höhen und Tiefen zu begreifen.[5] Frieders Fähigkeit, auch in einer betrüblichen Lage die

5 Über die Symbolik des Baums vgl. Becker (s. Anm. 4), S. 35–37.

Natur und ihre Schönheiten wahrzunehmen, ist beneidenswert. Das Naturmotiv des Regens wiederum begleitet Frieder am Tag seiner katastrophal ausgefallenen Lateinarbeit ins Schwimmbad (S. 11). Nach dem Schwimmen erfährt er dann, was seine Eltern für ihn in den Ferien beschlossen haben.

Regen und Tränen

Regen und eine gewisse Traurigkeit gehen also Hand in Hand. Das gilt sehr viel deutlicher für Johann. Nach dem Verlust seines Vaters gehen die Freunde einige Tage später ins Schwimmbad. Sie sprechen darüber, wie es Johann geht (S. 207), der sich selbst belügt, indem er so tut, als ob der Tod seines Vaters keine allzu große Bedeutung habe. Als er die Worte »Und jetzt trinken wir uns den Weg aus dieser Welt frei!« (S. 208) sagt, fängt es an zu regnen (»Die ersten schweren Tropfen fielen. Aber wir blieben sitzen und tranken«, S. 208). Schließlich bricht ein Sturm los, was motivisch für Johanns ausbrechende Psychose steht, und er fängt an, die ersten Anzeichen dieser Erkrankung zu zeigen. Er brüllt den Blitz an und zerschmeißt eine Bierflasche, was sich später steigert und wiederholt (S. 249). Johanns Trauer und sein inneres Trümmerfeld können über das Natur- und Wettermotiv des Regens also nachvollzogen werden.

Bilder

Bilder

Bei Frieders Ankunft zeichnet Nana eine schnelle Skizze von ihm. Das Ergebnis findet Frieder enttäuschend und deutet vorsichtig an, keine Ähnlichkeit mit sich feststellen zu können. Nana lacht und erklärt ihm, dass er es auch nicht »in diesem Moment« sei, es aber sein werde (»In fünf Jahren vielleicht oder in zehn«, S. 79). Damit ist diese erste Skizze eine abstrakte Studie Frieders sowie seines Charakters (»Der Charakter formt das Gesicht«, S. 79). Am Ende des Romans und zum Abschied von den Großeltern wird diese erste Skizze zum Geschenk. Nana hat sie eingerahmt und Frieder hält fest: »Jetzt sah sie aus wie ein richtiges Bild« (S. 310).

Ein Bild – ein Prozess

Damit bekommt diese Skizze die symbolische Funktion, Frieders Entwicklungsprozess der letzten sechs Wochen im »Crashkurs« des Lebens zum Ausdruck zu bringen. Er erkennt im wahrsten Sinne des Wortes, dass er einen festen Rahmen bekommen hat und Nanas Abstraktion zu Beginn der Ferien ihm deshalb nichts sagen konnte, weil er mit sich und über sich noch nicht im Klaren war. Am Ende der Ferien aber haben die Dinge ihre klaren Konturen und die skizzenhafte Abstraktion seines Charakters aus der Feder der Menschenkennerin Nana wird zur eindeutigen Projektion der Entwicklungen, auch der künftigen. Die Beerdigung des pubertären Nullenheftes am Ende des Romans symbolisiert, dass die Phase der Unreife abgeschlossen ist.

In den Tagebüchern findet Frieder außerdem viele Fotos und Zeichnungen, in denen Nana ihre große Liebe festhält bzw. den Lebensweg (z. B. S. 193, 210). Themen wie Eifersucht werden dabei verarbeitet (S. 193). Frieder fasziniert diese Ansammlung von

Denkanstößen, da er sich selbst darin wiederfindet. Die Vorliebe, mit den Freunden Fotos zu machen (im Steinbruch, S. 218), gibt diesem motivisch wiederkehrenden Symbol eine wichtige Bedeutung.

■ Bilder als Mittel der Reflexion

Zur Sprache

Der Roman ist gut zugänglich und setzt auf die Lebhaftigkeit einer gepflegten Umgangssprache mit gelegentlichen jugendsprachlichen Formulierungen. Es finden sich auch Sätze, die grammatische Freiheiten wie verkürzte Syntax aufweisen und damit in den Dialogen Spontaneität vermitteln.

■ Gepflegte Umgangssprache, gelegentlich Jugendsprache

Damit erreicht Ewald Arenz die nötige Authentizität seiner Erzählinstanz, namentlich des Ich-Erzählers Friedrich Büchner. Streng genommen ist der Ich-Erzähler ein erwachsener Mann, wenn man der Logik des zeitlichen Abstands zwischen dem äußeren Erzählrahmen und dem inneren Erzählrahmen folgt. Da er sich lebhaft an die Vergangenheit des »verrückten Sommers« zurückerinnert, ist es verständlich, wenn der ältere Ich-Erzähler im Rückblick die damaligen Ereignisse mit jugendlicher Frische erzählt und den damaligen Frieder in seinen Erinnerungen wieder lebendig werden lässt, als wäre er in der Zeit zurückgekehrt und würde sich als 16-Jähriger im Jahr 1981 wiederfinden. Der Zeitsprung verdeutlicht sich gleich zu Beginn (»Ich saß neben ihm, damals«, S. 5). Es handelt sich also um den Wortschatz bzw. Stil eines intelligenten Ich-Erzählers, der bereits als 16-Jähriger bele-

■ Authentischer Ich-Erzähler

sen ist, selbst literarische Versuche unternimmt und dementsprechend sprachliche Sorgfalt an den Tag legt.

Literarische Passagen

Die insgesamt gepflegte Umgangssprache ließe sich mit der ersten Seite illustrieren. Neben poetischen Formulierungen wie im Satz »Das Sri Sri der Mauersegler schnitt das Licht dieses Sommertags in hellgelbe, aufregend saure Zitronenscheiben« (S. 5) kommen spontan wirkende umgangssprachliche Sätze vor (»Ich habe ein Mädchen mit einem superhäufigen Familiennamen kennengelernt und war zu doof zu fragen, wo sie wohnt«, S. 22), sodass der Eindruck einer in einem langen Monolog vor einem geduldigen Zuhörer anwachsenden Schilderung entsteht.

Vereinzelt Jugendsprache

Jugendsprachliche Wörter geben dem Ganzen den Anstrich der lebendigen Erinnerungen eines gereiften Mannes (der Ich-Erzähler ist es ja), schaffen aber auch eine Atmosphäre der Unmittelbarkeit für die Leserschaft (»Es war eine unglaublich schwachsinnige Angelegenheit, aber auch irgendwie cool«, S. 5), sodass man nach wenigen Zeilen die künstliche Situation einer mit dem Abstand von Jahren berichtenden Erzählinstanz vergisst und sich bei der Lektüre als unmittelbarer Zeuge der Ereignisse begreift. Ein weiteres Beispiel sind Frieders erste sexuelle Erfahrung und Beates anschließenden zärtlichen Worte, sie könnten das wiederholen (»Das war wahrscheinlich das Coolste, was ich jemals gehört hatte«, S. 228). Der Superlativ (»Coolste«) begleitet die Feststellung Frieders, dass für ihn »damals« in jenem Moment die Verliebtheit aufhörte und die Liebe anfing (S. 228). Auch die

Begeisterung über ihr Treffen im abenteuerlichen Umfeld des Steinbruchs (»Und er war einfach eine geile Kulisse«, S. 216) wird mit einem jugendsprachlichen Wort bewertet.

In der Summe gibt es im Roman aber nur wenig davon, was die Aufregung in einer Situation zeigt, wie z. B. das Malheur mit dem Bagger (»Dieser blöde Sack!«, »Scheißidee«, S. 223; »Scheiße Scheiße Scheiße Scheiße«, S. 224). Das dürfte auch ein Grund sein, dass der Roman in den Rezensionen ausgesprochen gut abschneidet bzw. in der erwachsenen Leserschaft mit großer Begeisterung aufgenommen wurde.

■ Flüche, wenn etwas schiefgeht

Im folgenden Textauszug geht es um Detailbetrachtungen:

> »Sie zog den Stuhl neben das Bett, setzte sich und nahm die Hand der Frau. Ich atmete lang und tief aus. Alma stieß mich an und wir gingen beide auf die andere Seite des Bettes. Meine Schwester nahm die andere Hand der Sterbenden. Ich zögerte einen Augenblick, aber dann legte ich meine Hand auch darauf. Etwas ungeschickt vielleicht, aber darauf kam es wohl gerade nicht an. Keiner sagte etwas. Man hörte nur das Atmen der alten Frau. Die Sonne schien auf den Boden. Von draußen hörte man das Schilpen der Spatzen und die Straße.« (S. 135)

Frieders Besuch im Altenheim, wo seine Schwester ein Praktikum absolviert, verläuft ganz unerwartet und er wird mit dem Tod konfrontiert.

Gestaltungsprinzip: Gegensätze

Die Textstelle lebt vom Gestaltungsprinzip des Romans, in dem laufend inhaltliche und emotionale Gegensätze einander ablösen. Auf der einen Seite stehen die Geschwister, die ihr Leben noch vor sich haben. Vor ihnen liegt die sterbende Frau, über deren Leben man nichts erfährt und nur weiß, dass keine Angehörigen ihr in den letzten Momenten ihres Lebens zur Seite stehen. Frieder und Alma zeigen in dieser Extremsituation charakterliche Größe: Sie ersetzen die Angehörigen und scheuen sich nicht, die Frau zu berühren.

Tendenz zum kurzen Satzbau

Der insgesamt kurze Satzbau, in dem sich einige einfache Parataxen finden, wirkt berichthaft, lakonisch und spart hier, aber auch in der ganzen Episode, Einblicke in die Gedanken der Figuren aus. Die kurzen Beschreibungen des Geschehens überlassen es dem Leser, sich die Bestürzung der Anwesenden auszumalen.

Unaufdringliche Symbolik

Das Motiv der Vögel wird hier aufgegriffen. Wie gezeigt verweisen Vögel wiederholt auf das innere Bedürfnis Frieders, einer Situation am liebsten zu entfliehen. Hier kommt dem Spatzengesang womöglich noch assoziativ die Rolle des Totengesangs zu. Das Vogelgezwitscher sowie die Geräusche von der Straße zeigen den Fortgang des Lebens. Die Sonne symbolisiert ebenfalls das Leben und steht neben dem Licht als klassisches Symbol der Epoche der Aufklärung auch hier für einen wichtigen Erkenntnisschritt Frieders und Almas.[6] Sie machen die existentielle Erfahrung,

6 Vgl. Becker (s. Anm. 4), S. 171 f.

dass der Tod zum Leben gehört und sie mit ihrer Anwesenheit der Sterbenden vielleicht einen großen Dienst erweisen.

Im Roman fallen wiederholt derartige Passagen auf. Allgemein ist der Wortschatz des Romans verständlich, und man steht allenfalls bei den wenigen lateinischen Zitaten, die aber meist im Kontext erklärt werden (S. 214), vor einer kleinen Hürde.

■ Verständlicher, differenzierter Wortschatz

Die Sätze sind eher kurz gehalten, nur vergleichsweise selten gehen sie über drei Zeilen hinaus. Immer wieder sorgen ausgesprochen knappe Hauptsätze (»Nana stand auf«, S. 233) für den berichtartigen Erzählfluss, oder es wird über Ellipsen eine spontan wirkende Gesprächsatmosphäre geschaffen. In manchen Sätzen kommen über einzelne Adjektive Bewertungen und Anschaulichkeit zugleich hinzu (»Alma zog die Decke ordentlich um die tote Frau«, S. 136). Über einige Vergleiche, mitunter mit komischer Wirkung (»Er war da und kam an die Tür. Er sah aus wie sein Haus«, S. 279), wird ebenfalls Anschaulichkeit hergestellt. Komik erzeugt auch eine Personifikation (»Der geblümte Kittel rief uns empört hinterher«, S. 21).

■ Keine allzu langen Sätze, ausgewählte Stilmittel

Anschaulichkeit und Unmittelbarkeit bewirken außerdem Wiederholungen mit bewusstem Verzicht auf die Regeln der Zeichensetzung (»Ich wäre unter seinem Blick wirklich wirklich wirklich am liebsten im Boden versunken. Oder unsichtbar gewesen. Oder einfach weg«, S. 278; »Weil ich mich jetzt auch nicht freuen konnte und weil wir uns fremd fremd fremd gegenüberstanden«, S. 294; »Scheiße Scheiße Scheiße

■ Verzicht auf Zeichensetzung

Scheiße«, S. 224). Der Parallelismus im Satzbau bzw. die Anaphern und der elliptische Satzbau belegen, dass man bei näherem Hinsehen immer wieder auf Passagen stößt, in denen der Ich-Erzähler mit seinem Stilbewusstsein in der Gestaltung seines Rückblicks auf die Jugend wohlüberlegt vorgeht. Prägnant kommt dies in der für Frieder so wichtigen Versöhnungsszene mit Beate zum Abschluss des 37. Kapitels (S. 298) zum Ausdruck.

Ausnahmen sind wohlüberlegt

Als eine der wenigen Ausnahmen des Buches erstreckt sich dieser letzte Satz über insgesamt sieben Zeilen und lässt über das Stilmittel des polysyndetischen Satzbaus gewissermaßen das Schluchzen Beates erahnen bzw. hebt hervor, was sie einander zu sagen haben.

5. Quellen und Kontexte

Der große Sommer ist ein Buch, das der Reflexion darüber dient, was es heißt, erwachsen zu werden und grundlegende Lebenserfahrungen das erste Mal zu machen. In einem Interview vom 28. April 2024 formuliert es Ewald Arenz so:

Besondere erste Male

> »Meine Grundidee war, von dieser besonderen Zeit der ›ersten Male‹ zu schreiben, die man ja nur einmal im Leben bewusst hat. In der Zeit zwischen dreizehn und achtzehn erlebt man so viele Dinge bewusst das erste Mal: Die erste Liebe, den ersten Kuss, die erste Zigarette, den ersten Rausch … das wusste ich schon damals als Jugendlicher und dachte: Wie wird es sein, wenn es diese ersten Male nicht mehr gibt? Damit war das Thema gesetzt.
>
> Ich schreibe sehr regelmäßig; ritualisiert fast. Wann immer es mein Zweitberuf als Lehrer zulässt, schreibe ich vormittags von acht bis halb eins. Ich entwerfe Dialoge und Figuren und Handlungen fast ausschließlich im Kopf und mache nur wenige Notizen. Und die Arbeit an diesem Roman hat etwa ein Jahr gedauert. Im Leben nicht hätte ich als sechzehnjähriger Junge geglaubt, dass ich jemals so lange an etwas schreiben würde …«[7]

7 An dieser Stelle möchte ich mich bei Ewald Arenz für dieses Interview sowie seine Einwilligung, es hier zu verwenden, bedanken. Es ist im Ganzen dem Kapitel 11 nach den Literatur- und Medienhinweisen angefügt.

Biografisches ist immer Fiktion

Die Gefahr ist nun, dies allzu sehr mit der Romanhandlung gleichzusetzen und Biografisches aus dem Leben von Arenz mit der literarischen Fiktion zu verwechseln. Das wäre ein Kardinalfehler im Umgang mit Literatur und mit Äußerungen von Schriftstellerinnen und Schriftstellern zu ihren Werken. Der Roman hat durchaus auch freie, literarisch gebrochene Bezüge zur Biografie des Verfassers, der damit verbundenen Zeitgeschichte und nicht zu guter Letzt über seinen Inhalt Bezüge zum Genre der sogenannten Entwicklungsromane oder der Erzählungen und Romane, die man als Coming-of-Age bezeichnet, herstellt.[8]

Definition Entwicklungsroman

Der Entwicklungsroman wird von Kurt Rothmann als »die psychologisch folgerichtige Entfaltung eines Menschen aus seinen Anlagen und Erfahrungen« beschrieben, dessen Held durch »Auseinandersetzungen mit seiner gesellschaftlichen und kulturellen Umwelt« schließlich zu einer harmonischen Persönlichkeit heranreife.[9] Bei Wikipedia wird der Entwicklungsroman in Anlehnung an die gängige Forschungsliteratur als ein Roman definiert,

8 Über den Begriff Coming-of-Age amüsiert sich die Literaturkritikerin Maike Albath in einem feinsinnigen Artikel, vgl. Maike Albath, »Wer altert im Coming-of-Age-Roman?«, in: *Deutschlandfunk* (3. 6. 2020), www.deutschlandfunk.de/endlich-mal-erklaert-wer-altert-im-coming-of-age-roman-100.html (Stand: 23. 7. 2024).

9 Vgl. Kurt Rothmann, *Kleine Geschichte der deutschen Literatur*, 20., durchges. und erw. Aufl. Stuttgart 2014, S. 96.

»in dem die geistig-seelische Entwicklung einer Hauptfigur in ihrer Auseinandersetzung mit sich selbst und mit der Umwelt dargestellt wird. Zentral ist dabei ein ›fiktiv-biografisches Erzählen‹, das je nach Subgenre entweder die harmonische Auflösung von (Identitäts-)Konflikten, die Desillusionierung des naiven Protagonisten oder die Illustration pädagogischer Konzepte zum Ziel haben kann.«[10]

Frieders besonderer Sommer, den er selbst rückblickend als Zeit versteht, in der er erwachsen wurde (S. 40), setzt diese Definition auf seine Weise um, was das gerade erwähnte Zitat von Arenz sowie das Interview insgesamt (vgl. Kapitel 11 dieses Lektüreschlüssels) belegen. Frieders Sommer ist eine Auseinandersetzung mit sich selbst und der Umwelt; der Ausgang dieser Auseinandersetzung ist im Roman in der Bilanz glücklich, weil die offenen Streitfälle gelöst werden. In der langen Tradition der Bildungs- und Entwicklungsromane seit Christoph Martin Wieland (1733–1813) und dessen *Geschichte des Agathon* (1766) tauchen Klassiker der Weltliteratur auf, die zeigen, dass es sich um eine der wichtigsten Formen des Romans bis in das 20. Jahrhundert handelt. Welches dieser Werke für den Entstehungsprozess eine Rolle ge-

In der Tradition des Entwicklungsromans

10 Vgl. »Entwicklungsroman«, in: *Wikipedia*, https:/de.wikipedia.org/wiki/Entwicklungsroman (Stand: 23.7.2024). Für einen umfangreichen Überblick vgl. Heinz Hillmann / Peter Hühn, *Der Entwicklungsroman in Europa und Übersee. Literarische Lebensentwürfe der Neuzeit*, Darmstadt 2001.

spielt hat, und ob überhaupt (beispielsweise im Sinne einer gezielten Anlehnung, eines Vorbilds), ist nicht mit Gewissheit auszumachen.

Keine auffallende Anlehnung

Der große Sommer ist keine intensive Auseinandersetzung mit einem konkreten literarischen Werk aus dem Genre der Entwicklungsromane, wohl aber thematisiert er die Entwicklung bzw. den Prozess des Erwachsenwerdens sowie den besonderen Reiz der »ersten Male«, was ihn in die Nähe eines Entwicklungsromans oder auch Adoleszenzromans rückt.[11]

Stifters *Nachsommer* als Parallele?

Wenn überhaupt, dann ließe sich mit dem berühmten Bildungsroman *Der Nachsommer* (1857) von Adalbert Stifter der Versuch riskieren, Anlehnungen zu ergründen. Neben der titelgebenden Jahreszeit des Sommers in beiden Romanen ist es die Konstellation eines mehr oder weniger jungen Mannes (in Stifters Roman Heinrich Drendorf), der hilfreiche Unterstützung und Unterweisung durch einen gebildeten älteren Mann (bei Stifter Freiherr Gustav von Risach) bekommt. In beiden Romanen gibt es für die jungen Protagonisten Heinrich Drendorf bzw. Friedrich Büchner neben vielen Erkennt-

11 Der Terminus »Adoleszenzroman« ist mit seinen Merkmalen recht nah am »Entwicklungsroman«, sodass ich darauf verzichte, dies hier weiter auszuführen; der Erkenntnisgewinn bliebe klein. Adoleszenzromane können z. B. eine kürzere Handlungszeit im Leben des Protagonisten vorweisen oder die erste sexuelle Erfahrung in den Blick rücken. Vgl. zu den Merkmalen Carsten Gansel, *Moderne Kinder- und Jugendliteratur. Vorschläge für einen kompetenzorientierten Unterricht*, Berlin [8]2019, ab S. 158, besonders S. 168.

nissen auch eine wunderbare Liebesbeziehung, die sich von den Schwierigkeiten der Liebesbeziehungen ihrer Gönner Gustav von Risach bzw. Walther Schäfer abhebt. Das sind Anklänge und Parallelen, die dazu verführen, Stifters *Der Nachsommer* als bedeutende Vorlage zu begreifen. Allerdings kommt man damit nicht besonders weit, weil die Unterschiede viel gravierender sind und derlei Vergleiche schnell spekulativ werden.

Frieders Lektüren: Orientierung

Die Lektüren und Autoren, die Frieder selbst nennt (z. B. S. 83), dürften eher von Interesse sein. Es ist davon auszugehen, dass sie Arenz geläufig sind und als Belege für die Eigenschaften des Protagonisten in der Handlung dienen können, der sich für Literatur interessiert, weil sie seine geistigen Fähigkeiten und sein Gefühl für Sprache verfeinert und ihm gelegentlich zur Selbstreflexion dient.

Der Lehrmeister

In einem Entwicklungsroman taucht meist neben dem heranreifenden Protagonisten auch die Figur mindestens eines Lehrmeisters auf, der wertvolle Hinweise und Ratschläge gibt. In Frieders Lehrern, mehr noch in Walther und Nana, findet sich die Entsprechung, was im 6. Kapitel dieses Lektüreschlüssels zu vertiefen sein wird.

Autobiografisches im Roman

Allein die allgemein bekannten Details über die Biografie von Ewald Arenz lassen einige Parallelen mit dem Roman erkennen. Es gibt Ähnlichkeiten der Familienkonstellation (bildungsbürgerlicher Haushalt, mehrere Kinder, die holprige Schulkarriere), und Arenz verweist auf die Tatsache, dass in den Roman viel Autobiografisches eingeflossen sei.[12] Auch hier ist vor den näheren Betrachtungen in Kapitel 6 der Hinweis fällig, dass es sich um literarisch gebrochene Anlehnungen handelt, denn Dichtung (*Der große Sommer*) ist eben nicht die Wahrheit (das tatsächliche Leben von Ewald Arenz).

Es gibt zahlreiche Erzähltexte, in denen über die Wahl der Handlung oder die inhaltliche Ausgestaltung der Themen ziemlich offensichtlich Probleme der Gesellschaft aufgegriffen werden. Die Interpretation dieser Erzähltexte bekommt dadurch Schwerpunkte und das Lesepublikum ist sich schnell einig, dass es sich um gesellschaftskritische Werke handelt. Im Roman *Der große Sommer* werden nur punktuell zeitgeschichtliche Vorgänge oder Bezüge genannt, die ganz im Dienst der Frage stehen, was es heißt, langsam erwachsen zu werden. Die Zeitgeschichte ist insofern nicht als großes Thema des Romans zu sehen.

Wenige historisch-gesell-schaftliche Bezüge

Die Flucht Nanas und ihrer Familie aus dem Osten im Jahr 1945 wird genannt, die schwierige Wohnsituation bis zum Jahr 1948, die große Liebe zwischen Nana und Walther im Jahr 1948 mit ihren befremdlichen Begleitumständen und den Erklärungen dafür. Über eine kurze Bemerkung Walthers über den jüdischen Arzt Ludwik Fleck und eine spöttische Wortwahl über Nazis erfährt man, dass Walther trotz sei-

12 Vgl. das Interview vom 28. 4. 2024 im Anschluss an Kapitel 11 hier im Lektüreschlüssel.

ner kühlen, disziplinierten Wesensart kein Nazi war (S. 100).[13]

Es gibt Schülergerede über den Sportlehrer Fritsch und seine angebliche Einstellung (S. 31), ein paar politisch linke Aufkleber in Beates Zimmer (S. 163) und Frieders Haltung, die anscheinend ebenfalls eher politisch links ist, was zum Beispiel die Grüße »Rotfront« (S. 30) oder seine Witzeleien (S. 32, 294) verraten könnten. Das war es dann auch im Wesentlichen. Insgesamt ist der Roman zurückhaltend konzipiert, was gesellschaftskritische oder politische Bezüge anbelangt.

Zurückhaltung im Politischen

13 Zu Ludwik Fleck vgl. »Ludwik Fleck«, in: *Wikipedia*, https://de.wikipedia.org/wiki/Ludwik_Fleck (Stand: 23. 7. 2024) oder Richard Hemmer / Daniel Meßner, »Kleine Geschichte eines Forschers, der in die Fänge der Nazis geriet«, in: Spektrum.de (11. 1. 2023), www.spektrum.de/kolumne/kleine-geschichte-des-forschers-ludwik-fleck/2097564 (Stand: 23. 7. 2024).

6. Interpretationsansätze

Ansatz	Inhaltliche Aspekte
1. Deutung als Entwicklungsroman/Adoleszenzroman	• Jeder Mensch macht existentielle Erfahrungen (Liebe, Tod, Scheitern etc.). • Jeder Mensch erlebt Krisen. • Suche nach Rat, Gespräche sind ein erster wichtiger Schritt. • Verantwortung übernehmen lernen und Lösungen suchen sind Zeichen des Erwachsenwerdens. • Neue Fähigkeiten zeigen sich.
2. Deutung als Roman mit biografischen Bezügen	• In der literarischen Fiktion zeigen sich biografische Ähnlichkeiten mit dem Leben des Verfassers. • Der Roman erscheint als Aufarbeitung konkreter Erfahrungen, die literarisch gebrochen sind.
3. Ein Hohelied auf Liebe und Freundschaft	• Im Roman sind – trotz einschneidender Konflikte – Liebe und Freundschaft positiv dargestellt. Beides erscheint als wichtigste und schönste Erfahrung im Leben.

Abb. 3: Deutungsansätze

Es bieten sich drei Deutungsansätze des Romans an: der eines Entwicklungsromans, dessen Protagonist einen entscheidenden Reifeprozess durchläuft; die Deutung der biografischen Bezüge; die Interpretation des Romans als eines Hoheliedes auf die Liebe und die Freundschaft.

Drei Deutungsansätze

Deutung als Entwicklungsroman

Der Sommer ist »groß« oder auch »verrückt«, weil Frieder als Ich-Erzähler im Rückblick des 7. Kapitels die Bedeutung seiner Sommerferien als die Zeit einschätzt, in der »*für mich alles hervorgegangen ist: mein Leben, wie es heute ist*« (S. 40). Insofern kommt diesem 7. Kapitel des Romans die Funktion zu, den Sommer 1981 unmissverständlich als Entwicklungsdurchbruch zu formulieren.[14] Mit drei Sätzen, die stilistisch an ein Trikolon mit Klimax erinnern, hält Frieder die Bedeutung fest: »*Vielleicht können andere auch sagen, wo ihr Leben begonnen hat. Den Tag nennen, an dem sie erwachsen geworden sind. Den Monat, der sie für immer verändert hat*« (S. 40). Im Gegensatz zu anderen Menschen, die sich gerne an vieles erinnern, bleibt für ihn »*nur dieser eine Sommer*«, zu dem er »*immer wieder*« (S. 40) zurückkehrt. Fast rituell geht er dann zum Friedhof und sucht das besondere Grab, wie er meint (S. 40). Die Qualität des Entwicklungsschubs (Beginn

Frieders Hinweis im 7. Kapitel

Der besondere Sommer

14 Für Maike Albath (s. Anm. 8) ist die Prägung des Helden durch andere ein wichtiges Kriterium des Entwicklungsromans.

des eigentlichen Lebens, erwachsen werden, grundlegende Veränderung der Persönlichkeit) gilt es nachzuzeichnen.

Noch nicht gefestigt

In den letzten Tagen vor den Sommerferien ist Friedrich Büchner ein Junge mit guten Anlagen, der aber noch nicht gefestigt ist. Die Ergebnisse lauten in der Zusammenfassung der Charakterisierung in Kapitel 3 auf der Negativseite: zweimaliges Sitzenbleiben in Klasse 5 und 9; akute Gefahr, das Klassenziel nach miesen Leistungen in den Fächern Mathematik und Latein erneut zu verfehlen und gezwungenermaßen ohne Schulabschluss das Gymnasium zu verlassen; unnötig provozierendes Verhalten den Lehrkräften gegenüber in einer Situation, in der man besser beraten wäre sich zu mäßigen (»Als ob du nicht genug Probleme hättest, Büchner«, S. 9), aber auch gegenüber anderen Autoritätspersonen; zu viele Interessen, sodass der Blick für das Entscheidende fehlt, wie der Lateinlehrer »Zippo« bemerkt; er ist zudem mitunter etwas unbedacht. Seine Lage kümmert ihn nicht wirklich (»Es war zwar so wie immer, ich hatte nicht darüber nachgedacht, wie es weitergehen sollte«, S. 18).

Viele gute Eigenschaften

Auf der Seite, die Anlass zur Hoffnung gibt, ist die Liste der günstigen Aspekte länger und vor allem gewichtiger. Frieder ist intelligent, interessiert sich besonders für Literatur, schreibt selbst bereits Gedichte, ist sportlich veranlagt, schlagfertig, verfügt über Standhaftigkeit und Mut. Vor allem ist er im Grunde seines Herzens harmoniebedürftig, ein treuer Freund

und er kann aus Fehlern lernen. Was fehlt, ist eine Korrektur seiner Haltung.

Die Nachricht, nicht mit der Familie in den Sommerurlaub fahren zu dürfen und stattdessen bei seinem Großvater die Ferien verbringen und für die Nachprüfung lernen zu müssen, trifft ihn schwer. Die Aussicht auf sechs lange Wochen unter der strengen Aufsicht eines Mannes, den er bis zum zehnten Lebensjahr siezen musste, gefällt ihm nicht. Die Erwartungen an die Ferien sind also entsprechend klein (»Meine Sommerferien waren gelaufen«, S. 19). Dass es schnell ganz anders wird und die Schwarzmalerei sich in ihr Gegenteil verkehrt, hat im Wesentlichen drei Gründe: Nana und ihre freundliche Art, der überraschend großherzige Großvater Walther, vor allem aber die Auswirkungen der Liebe.

Es kommt anders als gedacht

Bereits am Tag seines schulischen Tiefpunktes in Form seiner misslungenen Lateinarbeit und der damit zur Gewissheit gewordenen Tatsache, auf eine alles entscheidende und keineswegs leichte Nachprüfung angewiesen zu sein, lernt Frieder im Schwimmbad Beate kennen. Er verliebt sich sofort in sie und das gibt hinfort jedem Tag eine besondere Note. Am Tag danach (und nach dem Abend mit der Nachricht, wie seine Ferien verlaufen werden) steht Frieder bereits um 7.15 Uhr in einer Telefonzelle, um sich alle Adressen von Familien namens Endres aus dem Telefonbuch zu besorgen (S. 20 f.), da er es verabsäumt hat, Beate bei ihrer ersten Begegnung nach der Telefonnummer zu fragen. Und auch der Französischunter-

Die Bedeutung Beates

richt bei der ausgesprochen anspruchsvollen Lehrerin Frau Dr. Ott wird interessant, da Frieder Pläne schmieden kann, wie er Beates Adresse herausfindet (S. 22).

Beate macht alles erträglich

Kurzum: Alle schlechten Nachrichten der letzten Zeit sind mehr als ausgeglichen durch den Gedanken an Beate. Es überrascht daher nicht, dass Frieder auch die Fahrt zu seinem strengen Großvater nach der Abreise seiner Familie nicht in depressiver Stimmung antritt, sondern sich in philosophische Betrachtungen über das Leben und die Wahrnehmung der Schönheiten der Natur vertiefen kann (S. 59). Die herzliche Begrüßung durch Nana (S. 60) und die überraschenden Ankündigungen Walthers trotz ihres klaren Tonfalls (»An den Vormittagen lernst du von acht bis zwölf. Danach hast du frei«, S. 61) geben Frieder jedenfalls von Beginn an das Gefühl, es besser als gedacht zu haben (»Mit dem Vormittag als Lernzeit konnte ich gut leben«, S. 62). Diese günstigen Rahmenbedingungen sind also geeignet, dass Frieder nicht überfordert ist oder entmutigt wird.

Günstige Bedingungen

Der anspruchsvolle Großvater, der sich selbst vermutlich in einer vergleichbaren Situation ein ganz anderes Programm abverlangt hätte, entscheidet hier sehr lebensklug. Es zeigt sich, dass Frieder schnell anfängt sich wohl zu fühlen und es auf seine Weise dankt. Als sich die Freunde den schönen Abend auf den Mauern des Kastells machen (20. Kapitel), kann er auf die Frage Johanns, wie es beim »Großvater des Todes« (S. 141) sei und ob es tägliche Examina gebe, mit dem Eingeständnis antworten, dass es nicht so schlimm sei. Im Gegenteil: Da Walther keine Anstalten macht, ihn zu prüfen oder seine Hausaufgaben zu kontrollieren, hat Frieder angefangen, selbstständig bzw. eigenverantwortlich für seine Prüfung zu arbeiten. Er missbraucht Walthers Vertrauen nicht, wie man es vielleicht erwarten könnte. Vermutlich hat Johann mit seiner Erklärung zumindest in Teilen recht: »Das setzt dich moralisch unter Druck und du lernst, weil du ihn nicht enttäuschen willst. Klassiker der angewandten Jugendpsychologie« (S. 142). Frieder denkt in diesem Moment an die Hundeepisode (S. 108 f.) und den Eindruck, den er als Fünfjähriger auf Walther gemacht hat. Er ergänzt Johanns Meinung mit der Überlegung, dass sein Großvater vielleicht etwas in ihm sehe. »Ich würde das auch gerne in mir sehen« (S. 142), gibt er zu.

■ Erste positive Entwicklungen

Walthers Vertrauen und seine Auffassung, dass etwas in Frieder steckt, wirken sich positiv auf Frieder aus, stärken sein Selbstwertgefühl und verhelfen dem Jungen, der sicherlich unter der Menge an schlechten Noten und dem wiederholten Sitzenbleiben leidet, an sich selbst zu glauben und den schulischen Frusterlebnissen etwas entgegenzustellen.

■ Vertrauen bewirkt Wollen

Damit ist das Wechselspiel positiver Entwicklungen abgesteckt: Ein älterer Mensch kann mit seinem Wissen und seinen Erfahrungen dem Heranwachsenden helfen und ihn auf die richtige Spur setzen, sofern Letzterer sich nicht verweigert. Das ist bei Frieder erkennbar nicht der Fall, sodass er einen entscheidenden Entwicklungsschritt in seiner Persönlichkeit macht.

Walther als Frieders Mentor

Die Rolle des Lehrmeisters, den es in Entwicklungsromanen für gewöhnlich gibt, übernimmt Walther in *Der große Sommer* in Bezug auf die schulisch-intellektuellen Inhalte, aber nicht nur. Beispielsweise reicht eine Anspielung auf Frieders Mundgeruch aus, dass dieser morgens sorgsamer bei seiner Mundhygiene verfährt (S. 212). Walthers Angewohnheit, über Konversation während der gemeinsamen Mahlzeiten die bedeutendsten kulturellen Errungenschaften und Werke anzusprechen und Frieders Allgemeinwissen zu erweitern, hinterlässt Spuren, auch wenn Frieder sich dabei anfangs gemaßregelt fühlt. Im Gespräch über klassische Musik (S. 82–84) ist das der Fall, wie an Frieders Gedankenkommentar zu erkennen ist (»Ja, Chef. Alles klar. Ich höre und gehorche«, S. 84).

Aller Anfang ist schwer

In den ersten Tagen ist die Beziehung zu Walther noch belastet durch Frieders Angst vor ihm und kurz darauf auch durch sein Unverständnis darüber, wie er sich Nana gegenüber mit dem Ehevertrag verhielt. Allerdings zeigt sich, dass Walther dem Jungen auch lehrreiche Impulse mit dem Angebot gibt, im Institut zu arbeiten.

Kleine Aufmerksamkeiten

Walthers Talent zu erklären

Es beeindruckt Frieder, dass Walther einen Kittel mit seinem Namen anfertigen lassen hat, noch bevor er zusagt (S. 101). Details wie dieses oder Walthers Fähigkeit, Frieder ein mathematisches Problem verständlich zu erklären (S. 94–96), sorgen dafür, dass er anfängt, nicht nur mechanisch eine Aufgabe abzuarbeiten, die ihm von Autoritätspersonen gegeben wird, sondern sich inhaltlich zu interessieren. Dieses Interesse sorgt für Erfolge, wie bei der Berechnung von Integralen und Funktionen nach der Erklärung anhand des Efeublatts (S. 96).

Diese Episode ist ein Musterbeispiel für das, was Douglas Yacek »transformatives Lernen« nennt. In einer allgemein gehaltenen Definition ist es »das gezielte Streben nach der Erweiterung und Vertiefung des eigenen Erfahrungshorizonts durch die intensive Auseinandersetzung mit fachlichen Inhalten«.[15] Im Gegensatz zu einem Lehren und Lernen, das die Lerninhalte unter Leistungsdruck und ohne Bezug zum eigenen Leben eintrichtert und mechanisch – ohne innere Anteilnahme bei Lehrern und Schülern – in Prüfungssituationen reproduziert, ist das transformative Lernen ein Aneignungsprozess. Der Lerninhalt wird als bedeutungsvoll für das eigene Leben erklärt, verstanden und angeeignet, weil er dazu beiträgt, allen Beteiligten zu einem selbstbestimmten, erfüllten Leben zu verhelfen.

Ganz im Sinne Yaceks bemerkt Walther, wie Frieder ohne Anteilnahme, Lust und Verständnis für mathematische Integrale und Funktionen seine Übungen herunterrechnet, damit er es hinter sich bringt (S. 94). Er fragt ihn, was er da »eigentlich« (S. 95) mache, und betont das hier adverbial genutzte Wort zusätzlich. Frieder kann keine vernünftige Antwort geben (»Okay, ja, keine Ahnung, was ich eigentlich machte. Rechnen halt«, S. 95). Daraufhin greift sein Groß-

15 Douglas Yacek, *Begeisterung wecken. Anleitung zu transformativem Lehren und Lernen*, Stuttgart 2023, S. 9, 18.

Den Sinn entdecken

vater zu einem lebenspraktischen Beispiel in Form eines Efeublattes, dessen Fläche die beiden mithilfe der mathematischen Funktionen bzw. Integrale berechnen. Am Ende kann Frieder das Blatt wie einen menschlichen Freund ansprechen (»Dich […] kann ich jetzt berechnen«, S. 96), weil er weiß, wozu ihm die Mathematik im Alltag helfen kann.

Positivere Einstellung zur Bildung

Es ist eine kleine, aber wichtige Situation, die exemplarisch zeigt, dass Frieder in der sechswöchigen Zeit mit seinem Großvater anfängt, seine schlechten Schulfächer oder Bildung allgemein nicht als Feind zu betrachten, sondern als Verbündete. Eine andere Episode ist die Behandlung des todkranken Tigers (23. Kapitel), die zwar die Ursache der Krankheit nicht zweifelsfrei ergründet, aber dennoch die Heilung bringt, weil Walther aus seinem Erfahrungsschatz als Professor der Bakteriologie schöpfen kann und etwas Vergleichbares anwendet (S. 213 f.).

Wertvolle Praxiserfahrungen

Frieder ist zusammen mit Beate sogar beteiligt, indem er den Großvater auf dessen Wunsch hin begleitet und damit in praxisnaher Anwendung den Zweck der theoretischen Arbeiten und Untersuchungen im Institut erlebt, wo er ja den Ferienjob ausübt. Die Bemühungen um ein so imposantes Lebewesen wie einen Tiger wecken zudem die schönen Kindheitserinnerungen bei allen (S. 172, 182) und geben Frieder einmal mehr das Gefühl, dass Walther hohe Erwartungen und großes Vertrauen in ihn setzt.[16]

16 Es würde den Zweck dieses Lektüreschlüssels eindeutig überstrapazieren, wenn hier psychologische Studien aus-

Walthers wichtigste Funktion als Erzieher Frieders dürfte sein, dem Jungen eine Struktur zu geben. Er besteht auf frühem Aufstehen an jedem Tag der Woche und der Einhaltung von Ritualen wie den pünktlichen Mahlzeiten; die festen Lernzeiten wurden bereits genannt. Er lebt selbst Disziplin vor (»Der Mann war die Disziplin in Person«, S. 125) und hat es damit weit gebracht. Frieder bemerkt den Wert dieser Bemühungen allmählich für sich selbst, weil er ja den Rhythmus teilt und anfängt, aus Eigenverantwortung zu lernen.

Wertvoll: Struktur im Alltag

Ein anderer erzieherischer Erfolg entsteht durch Walthers konsequente Hilfsbereitschaft. Wie die Ausführungen zur Struktur des Romans mit den fortwährenden Höhen und Tiefen gezeigt haben, ist Frieders Sommer mit Rückschlägen verbunden. Als Frieder den Bagger kaputtfährt, kann er sich lange nicht überwinden, nach Eingang des Einschreibens der Polizei bei Nana und Walther um Rat zu fragen. Als er es schließlich doch tut, reagiert Walther besonnen und bringt lediglich den Vorwurf an, dass Frieder früher hätte kommen sollen (»Du hättest eher kommen sollen. Wieder einmal«, S. 277).

Wer hilft, dem vertraut man

gewertet werden. Für Interessierte dennoch ein leicht zugänglicher Hinweis: Jürgen Gerhard Müller, *Selbstwert und Bewegung. Eine empirische Studie zur Förderung des Selbstwertgefühls von Schülern mit Lernbehinderungen durch das Medium Bewegung und eine Analyse möglicher Wirkfaktoren*, Dortmund 2011 (Dissertation an der Technischen Universität), https://eldorado.tu-dortmund.de/bitstream/2003/29433/1/Dissertation.pdf (Stand: 23. 7. 2024).

Rechtzeitig fragen

Neben seiner Hilfsbereitschaft lassen seine Worte erkennen, dass es wichtig ist, bei Ratlosigkeit nach begangenen Fehlern schnell nach Lösungen bzw. nach jemandem zu suchen, der einem behilflich ist. Das bezieht sich auf die Angelegenheit mit Johann oder auch auf Frieders schulisches Problem. Zwar hat Frieder in der akuten Krise von Johanns psychotischem Zusammenbruch Walther angerufen, aber die Lage war da bereits denkbar knapp und Johanns Auffälligkeiten im Frühstadium hätte ein geschulter Mediziner wie Walther deuten können – wenn sich Frieder diesbezüglich früher bemerkbar gemacht hätte. Noch deutlicher ist Frieders apathisches Verhalten bei seinen über Jahre gewachsenen Problemen in Latein und Mathematik.

Der unausgesprochene Appell

Walthers Appell lautet also, dass es eine Frage der Reife ist, Schwierigkeiten zu erkennen und sich um Abhilfe zu bemühen. Die Lektion hat Frieder anscheinend verstanden (»Die letzten zwei Worte trafen mich richtig«, S. 277) und er macht in der Folge einen bedeutenden Entwicklungsschritt.

Frieder lernt, Probleme zu lösen

Der in Entwicklungsromanen übliche Bildungs- und Reifeprozess der Persönlichkeit zeigt sich bei Frieder ab dem 34. Kapitel. Er arbeitet die offenen Fragen und Probleme mit einer bemerkenswerten Konsequenz ab. Er stellt sich dem Gespräch mit dem Besitzer des Baggers, entschuldigt sich glaubhaft und schafft es, die Anzeige aus der Welt zu schaffen, auch wenn Walther im Hintergrund die entscheidenden Strippen zog. Zudem erklärt er sich bereit, den finanziellen Schaden abzuarbeiten. Das 35. und 37. Kapitel gelten der Rettung der Beziehung mit Beate und enden nahe an einer Liebes- und Verlobungserklärung. Im 36. Kapitel sorgt Frieder für den Erhalt der Freundschaft mit Johann und schafft es, die unschönen Szenen nahezu vergessen zu machen. Im 39. Kapitel schließlich wird das große Problem, das alles ins Rollen gebracht hat, endlich gelöst, indem Frieder eine anständige Nachprüfung hinlegt und sich nicht vorwerfen lassen muss, nicht genug getan zu haben. Das entsprechende Lob kommt von Walther kurz vor dem Aufbruch zur Schule. Mit den Worten »Glück muss man denen wünschen, die nichts getan haben« und der Ermunterung mit den Worten »Viel Erfolg« (S. 302) kommt zum Ausdruck, dass Frieder mutmaßlich zum ersten Mal in seinem Leben konsequent gelernt hat – auch in den Augen Walthers.

Das alles ist in der Summe sicherlich genug, um den Sommer als Durchbruch zum Erwachsensein zu sehen, wie es Frieder im 7. Kapitel (S. 40) im Rückblick als Erwachsener festhält.

■ Die Bilanz des Sommers

Wenn man Walther als intellektuell-charakterlichen Lehrmeister im Sinne des Entwicklungsromans beschreiben kann, so darf man in Nana die emotionale Lehrmeisterin Frieders sehen, was sich auch daran zeigt, dass Frieder ein großes Bedürfnis hat, mit seiner herzlichen Großmutter über das Thema Liebe zu sprechen, das ihn so sehr beschäftigt.

■ Die emotionale Lehrmeisterin

Dabei kommt den Gesprächen über den Beginn der Beziehung zwischen Nana und Walther die Funktion

Der eigentliche Zweck der Gespräche

zu, im Grunde über die Liebe allgemein zu reden und die Dinge mit der eigenen Verliebtheit in Beate zu verbinden. Der Auslöser ist der erste Besuch bei Beate kurz nach seiner Ankunft bei den Großeltern und die daraus erwachsene Frage nach dem Stand der Liebe bei Nana und Walther (»Ich wusste nicht, wie ich auf die Frage kam. Vielleicht deshalb, weil dieser Tag so war, wie er gewesen war«, S. 78).

Die Gespräche helfen Frieder

Die Offenheit Nanas, über die Details ihrer Beziehung mit Walther zu reden, dürfte in Frieder den Eindruck stärken, dass es sich lohnt, in Gefühlsangelegenheiten offen zu sprechen; zumal er in den Tagebüchern Seite für Seite diese Offenheit erfahren kann und auch sieht, dass der kühle Rationalist Walther sich damals zu einem Liebesbrief hat hinreißen lassen, dessen Worte Frieder in Erstaunen versetzen (S. 150 f.). Diese Offenheit ist ein entscheidender Faktor, warum die Versöhnung mit Beate im 37. Kapitel gelingt.

Lieben heißt Kompromisse einzugehen

Zudem erkennt Frieder, dass die Liebe eine Frage der Kompromisse sein kann. So sieht er, dass Nana Walthers harte Bedingungen für die Ehe akzeptieren konnte, weil sie Walther liebt und sich selbst in dieser Beziehung ein ganzes Stück weit unterordnet (S. 230–235). Nanas Erklärungen sind mit der Nachricht verbunden, dass es im Wesentlichen Walthers Idee gewesen war, den Jungen über die Sommerferien zu sich zu holen. Ohnehin ist zu vermuten, dass Nana früh geahnt hat, was Frieders Fragen zugrunde liegt. Sie hat Frieders Art und Weise wahrgenommen, wie er Beate kurz vor der Taxifahrt zum erkrankten Tiger angesehen hat (S. 192), und deshalb beschlossen, die ihr so wichtigen Tagebücher offiziell in Frieders Hände zu legen und deren Zweck für Frieder mit all den sehr privaten Einträgen, den Zeichnungen und Fotos gewissermaßen klarzustellen: als familiäres Handbuch der Liebe und wie man sie begreifen kann. »Liebe sie einfach« (S. 194), rät sie ihm abschließend, was Frieder durch die Gespräche mit ihr sowie das Studium der Tagebücher vielleicht etwas besser hinbekommt als zuvor.

Die Tagebücher ließen sich als künstlerische Auseinandersetzung Nanas im Jahr 1948 mit der Wucht ihrer Empfindungen verstehen, die sie an Frieder wiederentdeckt und folglich zur Reflexion weiterreicht.

Funktion der Tagebücher

Nach dieser Analyse könnte man zu der Schlussfolgerung kommen, dass Frieders Eltern für den Prozess seines Erwachsenwerdens weniger bedeutsam sind. Das 7. Kapitel im Kursivdruck könnte als Beweis dienen, da Frieder hier diesen einen Sommer bzw. die Sommerferien 1981 ausdrücklich als Prägezeit nennt. Das wäre aber wohl kaum ein gerechtes Urteil. Der genaue Analytiker Walther ist es höchstselbst, der feststellt, dass Regine »ihre Kinder nicht schlecht« (S. 109) erziehe, und natürlich haben 16 Jahre der Erziehung durch Regine und Frieders Vater einen fundamentalen Wert. Die Rolle der Eltern ist gar nicht das Thema dieses Romans, der ja zeigt, dass es eine bestimmte Phase im Leben von Heranwachsenden gibt, in der diese einen Reifeschub erleben, der bestimmte Anlagen

Die versteckte Rolle der Eltern

weiter vervollkommnet. Die Hilfestellung durch andere (hier die Großeltern) ist dabei mitunter wichtig.

Die Bedeutung der Lehrer

Eine kleine, aber erwähnenswerte Rolle spielen die Lehrer. Die genaue Beobachtung der einzelnen Lehrkräfte durch die Schüler und die Gespräche über sie haben zu einer Rangliste geführt, die besonders im 6. Kapitel am Tag des Sportfests von Frieder vorgestellt wird. Die Französischlehrerin Frau Dr. Ott schneidet beispielsweise gut ab, weil sie mit ihren Ansprüchen bzw. der Art und Weise, wie sie auf nicht gemachte Hausaufgaben reagiert, das Arbeitsverhalten der Schüler revolutioniert: »Es war ein echter Unglauben, eine echte Enttäuschung über ein unmögliches Verhalten, und man fühlte sich dann immer schlecht. In ihrer Welt kam so etwas nicht vor – und in ihren Klassen nach der ersten Unterrichtswoche auch nicht mehr« (S. 22). Frieders schlechte Note tut dem keinen Abbruch; sie ist sauer verdient (»Immerhin«, S. 22) und zeigt, dass Konsequenz und Anspruch von Frieder respektiert werden, sodass er in ihrem Fach Fleiß zeigt.

Frau Dr. Ott, Schwarz, Walther

Darin ist diese Lehrerin mit Walther vergleichbar, so wie der Mathematiklehrer Schwarz. Allen drei ist die kühle, fordernde Art gemeinsam. So unnahbar sie auch wirken, hinterlassen sie bei Frieder doch einen bleibenden Eindruck. »Sie sind ziemlich cool« (S. 312), lobt Frieder den Mathematiklehrer nach der erfolgreichen Nachprüfung und der Feststellung, dass Schwarz das legendär gewordene Transparent vom Sporttag aufgehoben hat. Damit bringt Frieder zum Ausdruck, dass es Lehrer wie Schwarz oder Frau Dr. Ott sind, die ihm etwas vermitteln. Frieder reißt als Schüler zwar keine Bäume aus, was die Noten angeht, aber Noten geben nicht immer wieder, was ein individueller Erfolg ist.

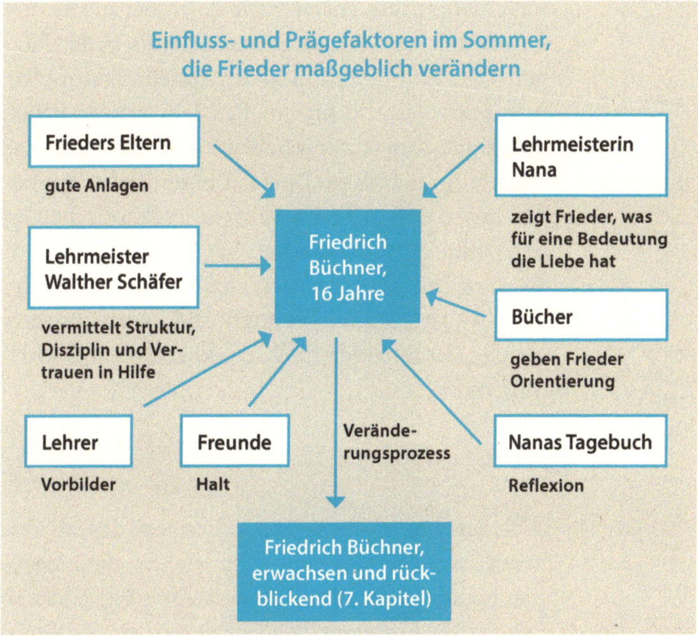

Abb. 4: Einfluss- und Prägefaktoren

Deutung über biografische Bezüge

Nähe zum eigenen Leben

Bereits zur Zeit der Veröffentlichung seines Romans stellt Ewald Arenz in einem Interview mit Dirk Kruse am 20. 4. 2021 die Nähe des Romans zum eigenen Leben und Erleben heraus:

> »Ich schöpfe tatsächlich mehr als vorher aus meiner Jugendzeit. Und ich hatte dieses Gefühl in den letzten vier, fünf Jahren, dass ich zunehmend merke, wie sehr dich die Jugend für dein ganzes Leben prägt. Ich war schon rebellisch und ich hatte eine schwierige Schulzeit. Dass ich zweimal durchgefallen bin, das sind heute hübsche anekdotische Geschichten. Aber damals hat sich das ziemlich scheiße angefühlt und du hast versucht es zu überspielen. Andere Klasse, versagt und mein jüngerer Bruder hat mich überholt. Diese Dinge sind schon prägend.«[17]

Ähnlich auch gute drei Jahre später:

> »Ich kann nicht über etwas schreiben, das ich entweder nicht selbst erlebt habe oder bei dem ich als Beobachter sehr nah dran war. Aber vor allem in ›Der große Sommer‹ ist wirklich sehr viel Autobiographisches. Ich war ein miserabler Schüler und ha-

17 Dirk Kruse, »Der große Sommer«, in: *Bayerischer Rundfunk* (20.04.2021), www.br.de/franken/inhalt/buchtipps/ewald-arenz-der-falsche-sommer-100.html (Stand: 23.07.2024).

be fünfzehn Jahre bis zum Abitur gebraucht … von den Verweisen mal ganz abgesehen.«[18]

Mit dieser erfrischenden Offenheit (vgl. Kapitel 11 in diesem Lektüreschlüssel) rückt Arenz seinen Roman in die Nähe seiner eigenen Biografie. Wunderbar, könnten viele jetzt sagen. Das erkläre, warum Frieder so authentisch wirke, könnten sie fortfahren. Vermutlich sei es in der Literatur immer so. Weitere Interviews scheinen das auch zu erhärten.[19] In den vorherigen Ausführungen dieses Lektüreschlüssels ist bereits gesagt worden, dass man hier Vorsicht walten lassen muss.

■ Vorsicht bei Vergleichen

Zunächst fallen familiäre Parallelen zwischen dem fiktiven Frieder Büchner und dem Autor Ewald Arenz auf (vgl. Kapitel 7 dieses Lektüreschlüssels). Beide haben mehrere Geschwister und wachsen bei Eltern auf, die einen freien Geist in der Erziehung favorisieren bzw. die den Kindern große Freiräume lassen. Der Haushalt ist bildungsbürgerlich und neben der Lektüre vieler Bücher gibt es eine große Vorliebe für das Fotografieren. Ähnlich wie Arenz hat Frieder früh viele Interessen, auch das Schreiben. Das gerade erwähnte

■ Parallelen mit der Biografie

18 Interview (s. Anm. 12).
19 Vgl. beispielsweise das im *Deutschlandfunk* erschienene Interview mit Ulrike Timm vom 17.06.2024; weitere sind schnell recherchiert: Ulrike Timm, »Der Schriftsteller und die Schule des Lebens«, in: *Deutschlandfunk* Kultur (17.07.2024), www.deutschlandfunkkultur.de/schriftsteller-und-lehrer-ewald-arenz-schule-des-lebens-dlf-kultur-1c360064-100.html (Stand: 23.07.2024).

Zitat verdeutlicht, dass die vielen Interessen nicht nur Frieder, sondern auch dem schulischen Erfolg von Arenz im Wege standen. Beide haben eine tiefe Bindung zur Großmutter, die in beiden Fällen eine künstlerische Ader hat und diese Veranlagung erkennbar weiterreichte. In der Familie Arenz sind drei Geschwister schriftstellerisch tätig. Der Vater von Ewald Arenz scheint in der Hinsicht mit Frieders Vater vergleichbar zu sein, dass er eben nicht mit autoritärem Druck die eigenen Kinder erzieht. Frieders Vater ist ein liebenswerter Mann, dem vielleicht die Konsequenz Walthers fehlt, die Frieder offenbar guttut. Erkennbar standen also reale Erlebnisse und Tatsachen aus dem Leben von Arenz für die Anlage des Romans Pate; es ist aber ratsam, dies als Inspiration für die Fiktion einzuschätzen, mehr nicht.

Ein Hohelied auf die Liebe und die Freundschaft

■ Positive Darstellung von Liebe und Freundschaft

Die positive Darstellung von Liebe und Freundschaft im Roman und der hohe Anteil, der beidem gewidmet wird, geben diesem Deutungsansatz ein besonderes Gewicht. Die Verbindung mit der Deutungsebene des Entwicklungsromans liegt auf der Hand. Getreu dem Gestaltungsprinzip der Gegensätze innerhalb des Romans geht es in der Liebe und in der Freundschaft mitunter auch stürmisch zu und es gilt für Frieder, Krisen zu meistern. Vom ersten Augenkontakt mit Beate an ist Frieder gefangen und er beschäftigt sich gedanklich nur mit ihr (4. Kapitel, ab S. 20). Nana gibt den weiteren Entwicklungen sozusagen ein vorausdeutendes Motto:

»In unserer Familie, Frieder, ist Liebe immer beides zugleich. Das größte Glück und die größte Katastrophe« (S. 65). Die Hoffnung Frieders (»das überspringt manchmal eine Generation«, S. 65) erfüllt sich jedenfalls nicht. Nach dem Gespräch sorgt der erste Besuch bei Beate dafür, dass er eines der Extreme kennenlernt. »Als ich die Treppen hinunterging, spürte ich, wie weich meine Knie waren« (S. 73), stellt Frieder erstaunt fest, ohne eine Begründung zu finden. Nun wird alles bedeutungsvoll, selbst die kleinste Nebensächlichkeit: »Sie legte den Kopf schief. Später würde ich einmal denken, dass ich das von Anfang an an ihr geliebt hatte. Diese kleine Bewegung, die Neugier sagte und von einem unbestimmten kleinen Zweifel sprach und ein bisschen spöttisch verlangte: Zeig es mir« (S. 73).

Vorausdeutendes Motto

Nach dem ersten gemeinsamen Spaziergang ist sich Frieder sicher, dass sich »[d]as ganze Leben« (S. 76) bereits gelohnt hat. In der Folge betreibt er ein genaues Studium der Liebe, in dem er anfängt, Nana nach ihrer Partnerschaft mit Walther zu befragen (S. 78). Nanas Ausführungen stellen nach und nach klar, dass ihr die Liebe geholfen hat, Schwierigkeiten zu überwinden, die für Frieder zunächst als nicht überwindbar erscheinen. Walthers anstrengender Charakter (»Er ist schrecklich …«, S. 129) und die Zumutungen seiner Ehebedingungen (S. 230) haben Nana aber

Das ganze Leben hat sich gelohnt

nicht allzu schwer zu schaffen gemacht, denn »[g]egen die Liebe kannst du nichts machen«, erläutert sie (S. 129). Frieder vermutet zudem, dass es gerade, »[d]ass da einer war, der keine Kompromisse machen wollte« (S. 157), war, was Nana an Walther so anziehend gefunden haben könnte.

Lehrreiches für Frieder

Die Gespräche mit Nana und die daraus gewonnenen Einsichten in die Kraft der Liebe, Hindernisse zu überwinden, helfen Frieder kurz darauf, in der sich entwickelnden Beziehung mit Beate wie auch in der Freundschaft mit Johann die schweren Belastungsproben (30. Kapitel) zu überwinden und beide zu retten, indem er sich selbst und seine Gefühle des Gekränktseins (»Wenn die glauben konnte, dass ich so war …«, S. 251) zurücknimmt. Das erscheint als einer der wesentlichen Entwicklungsschritte Frieders in diesen Sommerwochen.

Ein Wechselbad der Gefühle …

Leicht ist es nicht, verliebt zu sein, wie Frieder lernen muss. Die permanenten Gedanken an Beate (»Als hätte ich auf einmal gar keine Zeit mehr«, S. 85) oder die Eifersuchtsanfälle (S. 143, 211) gesellen sich zu den schönen Momenten, vom Streit wegen eines an sich absurden Anlasses (Johanns Vorwurf) nicht zu reden.

… und eine existentielle Erfahrung

Damit ist die Liebe neben der Freundschaft eine der existentiellen Erfahrungen, die im Roman regelrecht zelebriert werden, auch wenn sie zwischen den Extremen pendelt, die Nana für die Familie Büchner feststellte (S. 65). Der bleibende Reiz der besonderen ersten Male in diesem Zusammenhang trägt dazu maßgeblich bei. Der erste Kuss ist der Beginn »dieses verrückten Sommers«, und Frieder meint, »nie wieder so einen vollkommenen Augenblick des Rauschs« (S. 123) erlebt zu haben. Die Symbolik der Situation (Beate und Frieder versinken im Wasser) untermalt diesen ersten Kuss. Auch die erste sexuelle Erfahrung gräbt sich tief in das Gedächtnis des Ich-Erzählers ein, auch wenn beide feststellen, dass die Genüsse der körperlichen Liebe gewisse Praxiserfahrungen erfordern (S. 226–228). In jedem Fall verbindet es die beiden dauerhaft und hilft ihnen, sich nach dem großen Streit wieder zu versöhnen, weil es sich nur so für beide »richtig anfühlt« (S. 298).

7. Autor und Zeit

Der Autor

Eine künstlerisch talentierte Familie

Der am 26. November 1965 in Nürnberg geborene Schriftsteller Ewald Arenz kommt aus einer Künstlerfamilie. Bereits die Großmutter war kreativ und beeinflusste den bildungsbürgerlichen Pastorenhaushalt der Familie Arenz.[20] Ewald Arenz ist eines von sieben Kindern und der älteste Sohn; er und zwei weitere Geschwister wurden Schriftsteller (die Schwester Sigrun Arenz und der Bruder Helwig Arenz). Im Elternhaus herrschte anscheinend eine freie Atmosphäre vor. Wenn beispielsweise eines der Kinder lieber einen kleinen Film mit einer Handkamera drehen wollte, anstatt die Hausaufgaben zu erledigen, so hatte der Vater anscheinend nichts dagegen.[21] Im Alter von 13 Jahren zog Arenz mit der Familie nach Fürth. Ewald Arenz besuchte dort das Heinrich-Schliemann-Gymnasium und studierte nach dem Abitur zunächst Rechtswissenschaften an der Friedrich-Alexander-Universität in Erlangen-Nürnberg. Er wechselte interessenbedingt nach einigen Semestern die Fachrichtung und schloss

20 Vgl. »›Der magische Ort der Jugend‹. Die Künstlerfamilie Arenz«, in: *Medienwerkstatt Franken*, www.medienwerkstatt-franken.de/2023/02/14/ewald-arenz-kuensterfamilie/ (Stand: 23.7.2024).

21 Vgl. Olaf Przybilla, »Wenn die Frau doch die Schwester ist«, in: *Süddeutsche Zeitung* (1.8.2019), www.sueddeutsche.de/bayern/sz-serie-familientreffen-folge-1-wenn-die-frau-doch-die-schwester-ist-1.4548682 (Stand: 23.7.2024).

Abb. 5: Ewald Arenz, Strand 2020

das Studium der Anglistik, Amerikanistik und Geschichte ab.

Schriftsteller und Lehrer

Seitdem ist er im Schuldienst tätig; derzeit an einem Gymnasium in Nürnberg. Er fing aber schon während des Studiums an, seine literarischen Interessen ernsthaft zu verfolgen und zu publizieren. In der zweiten Hälfte der 1980er Jahre beginnen die Veröffentlichungen seiner Werke, die alle drei literarischen Gattungen abdecken, aber einen deutlichen Schwer-

Abb. 6: Szenenfoto aus *The Famous Door on Swing Street – Das Musical*, Buch und Songtexte: Ewald Arenz – © Jörg Metzner

punkt im Bereich der Epik erkennen lassen. Mit den Erzählungen *Der Golem von Fürth* (1994), *Der Horsbacher Fuchs* (1995) und dem Roman *Don Fernando erbt Amerika* (1996) macht er sich in der Region Franken einen Namen und erhält bereits im Jahr 1997 einen Kulturförderpreis der Stadt Fürth.[22] Man kann sagen, dass Arenz etwa zu dieser Zeit mit wachsendem Renommee als Schriftsteller dies als zweites berufliches Standbein ausbaute (mittlerweile ist es der Hauptberuf, wenn man sich das Interview im Anhang des 11. Kapitels anschaut). In den nächsten Jahren folgt eine recht dichte Serie an Werken und Preisen. Hervorzu-

22 Vgl. »Ewald Arenz« in: *Wikipedia*, https://de.wikipedia.org/wiki/Ewald_Arenz (Stand: 23.7.2024).

heben sind die Romane *Alte Sorten* (2019) und *Die Liebe an miesen Tagen* (2023), die neben *Der große Sommer* zu Bestsellern avancierten und Arenz zu einem der meistgelesenen und damit wichtigsten Schriftsteller in Deutschland machen. Die Zahl der Preise und Auszeichnungen von Rang ist mittlerweile in einem hohen zweistelligen Bereich.[23] Neben Romanen und Erzählungen hat Arenz Bühnenwerke und Gedichte sowie Beiträge in anderen Publikationen veröffentlicht.

Die Zeit

Die Mehrheit war sich darüber im Klaren, dass das Dritte Reich unterging.[24] Während Hitler im Führerbunker mehrere Meter unter der Erde verweilte und in einem erbärmlichen Gesundheitszustand in den letzten Wochen in einem Wechsel aus tiefer Niedergeschlagenheit, monologartigen Betrachtungen über den Gang der Geschichte und wiederholten Schreiattacken, verbunden mit Durchhaltebefehlen bis zum letzten Mann, seinem Umfeld zusetzte, kämpften die verbliebenen Wehrmachtsverbände verbissen um nahezu jeden Meter. Berliner Witzbolde mit sarkastischem Hu-

■ Zäsur im Jahr 1945

■ Verbissene Kämpfe

23 Vgl. ebenda die Übersicht.

24 Vgl. Antony Beevor, *Berlin 1945. Das Ende*, aus dem Engl. übertr. von Frank Wolf, München 2002; Andrew Roberts, *Feuersturm. Eine Geschichte des Zweiten Weltkriegs*, aus dem Engl. von Werner Roller, Bonn 2019; Ulrich Herrmann (Hrsg.), *Deutsche Geschichte. Vom Mittelalter bis zur Berliner Republik*, aktual. und erg. Ausg. Stuttgart 2024.

mor rieten: »Genießen Sie den Krieg, solange Sie können, der Frieden wird schrecklich sein.«[25] Man dachte dabei an die Aussicht, was die Sowjets wohl mit einem Volk anstellen würden, das für unfassbare Verbrechen verantwortlich war (nach dem Krieg stellte sich heraus, dass es bis zu 27 Millionen Tote allein in der Sowjetunion gab). In heller Panik strömten Millionen Deutsche aus den Ostgebieten auf der Flucht in Richtung Westen. Ein bitterkalter Winter mit Kälte bis zu minus 20 Grad setzte den Fliehenden zu, die oftmals nur ein wenig Handgepäck hatten und hofften, einen Bahnhof oder einen Ostseehafen zu erreichen, um einfach nur wegzukommen.

Chaos für die Zivilbevölkerung

An diesen völlig überfüllten Knotenpunkten mit zigtausend Menschen ging es chaotisch zu. Es galt, sich und die Angehörigen nicht aus dem Blick zu lassen; man würde sie wohl kaum so schnell wiederfinden.[26]

Ein schwerer Beginn

Mit der sogenannten Stunde Null waren weltweit bis zu 80 Millionen Tote zu beklagen; historische Städte lagen in Schutt und Asche und die Mangellage sollte noch Jahre dauern. In Ermangelung einer durchsetzungsbefugten Kontrollinstanz begannen die Besatzungsmächte in ihren Besatzungszonen mit einer Besatzungspolitik, die alle Anzeichen des Systemgegensatzes des Kalten Krieges zeigte.

25 Vgl. Roberts (s. Anm. 24), S. 716.
26 Dies greift Nana in ihrem Bericht über das Jahr 1945 authentisch auf.

Abb. 7: Ein Flüchtlingszug mit Sudentendeutschen ist im Durchgangslager Wiesau eingetroffen

Der erste Bundeskanzler der jungen Bundesrepublik Deutschland, Konrad Adenauer, sah außenpolitisch die Hauptaufgaben in der Westanbindung der BRD, die sich über die gesellschaftspolitische Nähe zum Westen auch mehr anbot als Versuche, sich mit der Sowjetunion unter Stalin ins Benehmen zu setzen, sowie in einer zügig zu erreichenden Souveränität Deutschlands.[27] Auch Jahre nach dem Krieg waren die

Die Ära Adenauer

27 Vgl. Herrmann (s. Anm. 24), S. 419–428; Ian Kershaw, *Achterbahn. Europa 1950 bis heute*, aus dem Engl. von Klaus-Dieter Schmidt, Bonn 2020, ab S. 71; empfehlenswert, da kostenlos als PDF-Download zu bekommen: Dierk Hoffmann, *Gemeinsame deutsche Nachkriegsgeschichte 1945–1990*, Bonn 2024 (Informationen zur politischen

Kriegsschäden unübersehbar und es galt, die Wirtschaft wieder gesunden zu lassen. Zudem waren neben den Flüchtlingen im Jahr 1945 noch etwa 12–15 Millionen Vertriebene aus den ehemaligen Ostgebieten des Deutschen Reiches unterzubringen. Der akute Wohnungsmangel führte zu Zwangseinquartierungen in privaten Häusern und Wohnungen, was eine große Belastung für alle Beteiligten bedeutete.[28]

Was aber auch nach Jahrzehnten im Rückblick die höchste Anerkennung einfordert, ist das Tempo, mit dem die Wirtschaft sich nach Anfangsschwierigkeiten um 1949 zu erholen begann. Das Wachstum in den Jahren 1950–54 lag bei durchschnittlich 8,8 Prozent und behielt auch bis ins Jahr 1963 noch durchschnittlich 5,7 Prozent und mehr bei.[29] Hans-Ulrich Wehler benennt die Jahre von 1950–1973 gar als das »Goldene Zeitalter des westlichen Kapitalismus«, da es im Überblick kaum vergleichbar lange Zeiträume der Prosperität gegeben hat.[30]

■ Wirtschaftswunder

■ Mentalitätswandel

Die Mentalität der Zeit war zunächst in der Tendenz eher konservativ geprägt. Zum Entsetzen junger Leute blieb die Aufarbeitung der NS-Zeit in der Elterngeneration verhalten, sodass allmählich eine ablehnende Geisteshaltung heranwuchs und die Risi-

Bildung H. 358). Webseite der Bundeszentrale für politische Bildung: www.bpb.de.

28 Darüber berichtet Nana ihrem Enkel, S. 231.

29 Vgl. Hoffmann (s. Anm. 27), S. 34.

30 Vgl. Hans-Ulrich Wehler, *Deutsche Gesellschaftsgeschichte. Bundesrepublik und DDR. 1949–1990*, Bonn 2009, S. 53–60.

ken nationalstaatlicher Einstellungen betont wurden, zumal sich der europäische Integrationsprozess seit 1957 formierte.[31] Nach dem Ende der Ära Adenauer im Jahr 1963 machte sich auch zunehmend die Öffentlichkeit als politischer Faktor bemerkbar, der die bestehenden Regierungskoalitionen unter mediales Feuer nahm.

Reformen ab den 1960ern

Die Reformfreudigkeit in den späten 60er und 70er Jahren in vielen Bereichen, wie z. B. dem Ausbildungs- und Schulwesen, dem Familienrecht, dem Erziehungsstil, ging einher mit dem Blick auf andere Länder, besonders auf die USA. Hatte man unter Adenauer ein unterkühltes Verhältnis zur DDR gepflegt, brach sich unter dem Eindruck der Kuba-Krise 1962 mit einer geteilten Welt am Rande des Atomkriegs ein Umdenken Bahn, das die Überwindung der Gegensätze anstrebte. Die Regierung unter Kanzler Brandt (ab 1969) brachte das mit dem programmatischen »Wandel durch Annäherung« zum Ausdruck, in deren Folge eine Reihe von Verträgen die Beziehungen der BRD mit der DDR (Grundlagenvertrag, 1972) und den Ostblockstaaten (Warschauer und Moskauer Vertrag, beide 1970; KSZE-Schlussakte, 1975) auf ein neues Fundament stellten. Als 1979 mit Beginn des Einmarsches in Afghanistan die Sowjetunion einen aggressiv wirkenden Schritt vollzog, reagierte die Nato mit dem sog. Nato-Doppelbeschluss, der die Stationierung von Atomwaffen auf dem Gebiet der

31 Vgl. Wehler (s. Anm. 30), S. 235–321; Herrmann (s. Anm. 24), S. 422–425.

BRD vorsah und einen Sturm von Protesten nach sich zog.

Bedeutung für den Roman

Mentalitätsgeschichtlich ist seit der 68er-Bewegung in der jungen Generation der 70er Jahre eine höhere Bereitschaft nachweisbar, Autoritäten zu hinterfragen und sich politisch eher linken Positionen zuzuwenden, zu denen auch eine pazifistische Grundhaltung zu zählen ist. Da der Roman aber nur sehr wenige Bezüge in diesem Bereich erkennen lässt, kann man es bei den allgemeinen Aussagen dieses Abschnitts bewenden lassen.

8. Rezeption

Bei der Frage, wie ein Roman rezipiert wird, bieten sich drei Aspekte an: die Rezeption des professionellen Journalismus in renommierten Tageszeitungen oder Zeitschriften; die Rezeption in den bekannten Internetforen und Webseiten der interessierten Laien und Buchliebhaber wie *goodreads.com*; die Rezeption und die Bewertung des Marktes, wobei die großen Internet-Buchhandelsketten wie *Amazon* oder *Thalia* Käuferbewertungen veröffentlichen.

Drei Rezeptionsaspekte

Der im März 2021 erschienene Roman *Der große Sommer* hat sich schnell zu einem gut verkauften Buch entwickelt und wurde von den unabhängigen Buchhändlerinnen und Buchhändlern bereits im Oktober 2021 zum Lieblingsroman gekürt.[32] In der Taschenbuchversion wurde er 2022 zum Jahresbestseller in der SPIEGEL-Bestsellerliste.[33] Das lag an den weitgehend positiven Kritiken der Tagespresse. Im *BR* heißt es am 20. 4. 2021:

Der schnelle Bestseller

»›Der große Sommer‹ von Ewald Arenz ist einer der wirklich guten dieses Genres. Spannend und poetisch erzählt, mit anschaulichen Charakteren, voller

32 Vgl. »›Der große Sommer‹ von Ewald Arenz hat gewonnen«, in: *Buchjournal* (21. 10. 2021). www.buchjournal.de/literaturnews/der-grosse-sommer-von-ewald-arenz-hat-gewonnen-24811 (Stand: 23. 7. 2024).

33 Vgl. »Der große Sommer«, in: *Wikipedia*, de.wikipedia.org/wiki/Der_gro%C3%9Fe_Sommer (Stand: 23. 7. 2024).

Einfühlungsvermögen ohne anbiedernd zu sein, humorvoll, anrührend, sinnlich, unterhaltsam und nachdenklich machend. Pures Lesevergnügen für einen langen Schwimmbadsommer.«[34]

Viel Lob, wenig Kritik

Eine Zusammenstellung von mehr als 60 verschiedenen, durchweg positiven Formulierungen aus den Rezensionen der Presse findet sich in der Buchbeschreibung des Romans auf der Webseite von Amazon.[35] Zum Gesamtbild gehört aber auch, dass es wie immer vereinzelte Stimmen gibt, die sich kritisch äußern.[36]

Zufriedene Käuferinnen und Käufer

Das Lesepublikum nimmt den Roman mit großer Begeisterung in die Hand. Auf der Seite Webseite *goodreads.com* erhielt der Roman bislang eine für diese Webseite bemerkenswert gute Durchschnittsbewertung von 4,28/5 (bei 10749 Bewertungen und 820 schriftlichen Kommentaren, Stand 23. 6. 2024).[37] Erkennbar fühlen sich viele auf angenehme Weise unterhalten, zum Nachdenken angeregt und an die eigene Jugend erinnert. Sogar etwas besser schneidet der

34 Kruse (s. Anm. 17).
35 Vgl. www.amazon.de/gro%C3%9Fe-Sommer-Roman-Ewald-Arenz/dp/3832181539 (Stand: 23. 7. 2024).
36 So beispielsweise Christoph Schröder im *Deutschlandfunk* am 12. 4. 2021, vgl. »Wochen, die alles veränderten«, www.deutschlandfunk.de/ewald-arenz-der-grosse-sommer-wochen-die-alles-veraenderten-100.html (Stand: 23. 7. 2024).
37 Vgl. »Der große Sommer«, in: *Goodreads*, www.goodreads.com/book/show/55958491-der-gro-e-sommer?from_search=true&from_srp=true&qid=ZrLLNadJJO&rank=2 (Stand: 23. 7. 2024).

Roman bei *Amazon* ab, wo er mit 4,5/5 Sternen und 4637 Bewertungen (Stand 23. 6. 2024) Rückmeldungen auf Bestseller-Niveau erhielt. Bei *Thalia* wird mit 4,9/5 Sternen und 130 Bewertungen sogar ein Traumwert erzielt (Stand 23. 6. 2024), da die Käuferinnen und Käufer sich bei Thalia vergleichsweise selten zu Wort melden. Den Roman gibt es in einer von Torben Kessler gesprochenen Hörbuch-Fassung. Im Mai 2023 wurde bekannt, dass der bekannte Regisseur Marcus H. Rosenmüller das Buch verfilmen möchte, wofür der Film-Fernseh-Fonds Bayern einen Zuschuss in Höhe von 700 000 Euro bereitstellt.[38] Insgesamt ist also eine außerordentlich positive Resonanz festzuhalten.

38 Vgl. Bernhard Blöchl, »Marcus H. Rosenmüller verfilmt Ewald Arenz«, in: *Süddeutsche Zeitung* (09. 05. 2023), www.sueddeutsche.de/bayern/marcus-h-rosenmueller-ewald-arenz-der-grosse-sommer-kino-1.5848755 (Stand: 23. 7. 2024).

9. Wort- und Sacherläuterungen

8,20 **num:** ob.

8,20 **numquam:** niemals.

16,17 f. **Mensch ärgere Dich nicht:** Beliebtes Brettspiel, bei dem man die gegnerischen Teilnehmer immer wieder mit günstigen Würfelergebnissen um den lange aufgebauten Erfolg bringen kann.

17,17 **Robinie:** Sommergrüner Laubbaum mit weißen Blüten.

17,30 f. **New Orleans Jazz:** Klassischer Jazz der Jahre 1890–1928.

17,31 **Jethro Tull:** Britische Rockband, 1967 gegründet.

30,17 **Rotfront:** Der Rote Frontkämpferbund wurde 1924 gegründet und war eine paramilitärische Einheit der Kommunistischen Partei Deutschlands; »Rotfront!« als interne Grußformel.

31,9 **HJ:** Die Hitler-Jugend HJ war ab 1926 die Nachwuchsorganisation der Nationalsozialisten.

32,7 **RAF:** Die Rote Armee Fraktion war eine linksextremistische Terrorgruppierung, die ab 1970 für zahlreiche Mord- und Bombenanschläge verantwortlich war. Zeitweise befand sich die BRD im Schockzustand.

33,13 **Morituri te salutant:** (lat.) ›Die Todgeweihten grüßen dich‹. Der Satz gilt fälschlicherweise als letzter Gruß aller Gladiatoren vor den Kämpfen in der Arena.

37,22 **Winston Churchill:** Britischer Premierminister während des Zweiten Weltkriegs. Churchill (1874–1965) soll angeblich die Frage nach den Gründen für sein hohes Alter trotz seiner Vorliebe für Zigarren und

Alkohol mit den Worten »No Sports« beantwortet haben. Das ist nicht seriös verbürgt; erst recht der Satz »Sport ist Mord«. Es sind Legenden, denn Churchill war in jungen Jahren ein leidenschaftlicher Sportler.

45,18 **Kiba:** Kirsch-Bananensaft.

55,10 **Hanomag:** Kleinbus.

62,5 **samstags keine Schule:** Ab den 70ern wurde in der BRD in den Ländern der Samstagsunterricht nach und nach abgeschafft.

67,9 **Captus eram. Captus esse:** (lat.) ›Ich wurde erwischt. Gefangen werden‹.

72,10 **Bossa Nova:** Stilrichtung in der brasilianischen Musik; beliebt in den 1960er Jahren als Ausdruck modernen Lebens.

82,1 **Tschaikowsky:** Pjotr Iljitsch Tschaikowsky (1840–1893) war ein russischer Komponist, besonders bekannt für seine Kompositionen für das Ballett.

82,21 **Prokofjew:** Sergei Sergejewitsch Prokofjew (1891–1953), russischer Komponist und vor allem ein virtuoser Pianist.

87,19 **Calmé à nouveau:** (frz.) ›Wieder beruhigt‹.

89,7 **Bob Dylan:** Amerikanischer Songwriter und Sänger, geb. 1941.

89,11 f. **Iron Maiden … AC/DC … Van Halen:** Zählen zu den international bekanntesten Rockbands seit den 1970ern.

91,22 **Pater semper incertus est:** (lat.) ›Der Vater ist immer unsicher‹.

92,19 **L'amour! Toujours l'amour:** (frz.) ›(Die) Liebe! Immer (die) Liebe‹.

98,16 **Popper:** Jugendkultur besonders Anfang der 1980er. Die Jugendlichen, meist aus der Mittel- und Oberschicht, waren bewusst gut gekleidet und frisiert und unpolitisch, um sich von den vielen konsumkritischen, politisch linken Jugendlichen der 70er abzugrenzen.

100,29 **Herrenrasse:** Anspielung auf die NS-Ideologie und die Auffassung, die sog. reinrassigen Arier seien allen anderen Menschen überlegen.

126,28 **Military Censorship:** In der Zeit der alliierten Besatzung nach der Kapitulation Nazi-Deutschlands im Mai 1945 galt zunächst aus Sicherheitsgründen eine Kontrolle allen Schrifttums durch die Kontrollbehörden des Militärs, so beispielsweise für die Veröffentlichungen der ersten neugegründeten Zeitungen.

138,8 **Nam quod in … matura aetate nescitur:** (lat.) ›Was man in der Jugend nicht lernt, lernt man im Alter niemals‹.

138,23 **TNT:** Trinitrotoluol, ein Sprengstoff.

142,28 **Eure Rede ist dunkel, Herr:** Anspielung auf die Ballade »Der Gang nach dem Eisenhammer« von Friedrich Schiller, in der es heißt: »Herr, dunkel war der Rede Sinn«.

157,3 **Tuberkulose:** Bakterielle Infektion, besonders der Lunge, mit hoher Sterblichkeitsrate.

163,9 **Stoppt Strauß:** Franz Josef Strauß (1915–1988) war ein Politiker und langjähriger Vorsitzender der CSU. 1980 trat er als Kanzlerkandidat der Unionsparteien CDU und CSU bei der Bundestagswahl an.

163,10 **Make love not war:** Ein 1967 entstandener Slogan

der Antikriegsbewegung und der Hippies in der Zeit des Kalten Krieges.

165,24 **Samba de uma nota só:** (port.) ›Samba aus nur einer Note‹. Bossa-Nova-Song aus dem Jahr 1959, der sich schnell zu einem Jazzstandard entwickelt hat und von vielen Interpreten aufgegriffen wurde.

170,16 **We are the champions:** Einer der größten Hits aller Zeiten der Rockband Queen aus dem Jahr 1977.

185,14 **Audiatur et altera pars:** (lat.) ›Man höre auch die andere Seite‹.

197,23 **Geh aus, mein Herz:** Geistliches Lied des Theologen Paul Gerhardt aus dem Jahr 1653.

213,22 **Koinzidenz:** Zusammentreffen von zwei oder mehr Ereignissen.

226,24 **Ode to Billie Joe:** Song aus dem Jahr 1967 von Bobbie Gentry.

237,25 **Andrea Doria:** Das Passagierschiff »Andrea Doria« sank nach einer Kollision im Jahr 1956 im Nordatlantik, und dank glücklicher Umstände konnten fast alle Passagiere gerettet werden, sodass eine Katastrophe wie bei der »Titanic« verhindert werden konnte.

295,23 **Masochisten:** Personen, die Glücksgefühle aus dem Erleiden von Schmerzen gewinnen.

313,3 **Je suis desolé:** (frz.) ›Es tut mir leid‹.

10. Prüfungsaufgaben mit Lösungshinweisen

Der große Sommer ist eine mögliche Ganzschrift für die Realschulabschlussprüfung 2025 in Baden-Württemberg. Deshalb wird eine Aufgabe in Form eines produktiven Umgangs mit Literatur vorgestellt, wie sie in etwa denkbar wäre (hier: ein Brief Frieders). Die beiden anderen Aufgaben sind allgemein denkbare bzw. bewährte Aufgaben, wie man sie in Klassenarbeiten vorfinden würde.

Aufgabe 1: Brief Frieders an Beate nach dem Streit

Arbeitsauftrag: Gehen Sie von folgender Annahme aus: Auf Seite 272 f. im Roman berichtet Frieder von seinem Versuch, Beate mehr als eine Woche nach dem Streit einen Brief zu schreiben. Er verbrennt ihn aber, anstatt ihn abzuschicken. Vollenden Sie den Brief aus der Sicht Frieders, wie er letztlich hätte aussehen können, auch wenn er den Brief schließlich vernichtet.

Lösungshinweise

Allgemeine Anforderungen an eine produktive Schreibaufgabe in Form eines Briefes:

Einen denkbaren Brief aus der Sicht einer Figur in einem Erzähltext zu verfassen ist schwierig. Es wird eine Leerstelle in der Handlung gefüllt, die sich plausibel einfügen muss und die keine inhaltlichen Widersprüche mit der tatsächlichen Erzählhandlung vorweisen darf. Zudem gilt es, den speziellen Charakter der jeweiligen Figur möglichst genau zu erfassen, deren Eigenarten aufzunehmen und die Umstände, unter denen etwas passiert, zu bedenken. Konkret muss die authentisch wirkende Sprechweise übernommen werden, was sich ja im Brief spiegelt. Die seelische Verfassung sollte stimmig aufgegriffen werden. Und letztlich muss man die der Situation angemessenen formalen Kriterien eines Briefes anwenden. Hier dürften es zumindest eine vertraute Anrede sowie eine vertraute Grußformel zum Ende hin sein.

Denkbare inhaltlich-formale Aspekte:

- Auf Seite 272 ab dem letzten Absatz (»Es war Samstag.«) ist Frieders Verfassung zu erahnen: Sein Freund Johann ist in der Psychiatrie, die Eltern kommen bald zurück, eine Anhörung bei der Polizei steht an. Und natürlich möchte er den Streit mit Beate ausräumen und deshalb einen Brief vorwegschicken (was ja auch etwas Erleichterung bei all den Problemen verspricht). Er dürfte innerlich sehr angespannt sein, nervös und unglücklich.
- Frieder ist wortgewandt und ein Brief lässt ihm die Chance, die innere Aufregung einerseits zuzugeben, aber zu beherrschen, weil er ja nachdenken und korrigieren kann, was er schließlich zu Papier bringt. Grammatische Fehler wie Satzbrüche oder wilde Gedankensprünge, wie sie sich im Streitfall und in der mündlichen Kommunikation in der Aufregung ergeben, sind eher nicht zu erwarten.
- Die Anrede spiegelt womöglich seine Liebe. Von »Lie-

be Beate« (nicht gerade kreativ) über »Meine über alles geliebte Beate« oder Ähnliches ist vieles vorstellbar.

- Es dürfte mit dem ersten Satz der Wunsch verbunden sein, den Brief nicht gleich zu zerreißen und ihm wenigstens eine Chance zu geben.
- Es dürfte dann eine genaue Schilderung der Ereignisse folgen, in die immer wieder das eigene Entsetzen darüber einfließt, was Johann in seinem Wahn äußerte (Beate weiß nicht, dass Johann in der Psychiatrie ist).
- Frieder macht auf Seite 272 f. deutlich, dass er schreiben will, wie wichtig ihm Beate ist und dass er eine Bemerkung (Beate sei »zweite Wahl«) bedauert. Er wird klarstellen wollen, wie sehr er sie liebt und dass Beate ihm alles bedeutet. Es dürfte wahrscheinlich sein, dass er auf die besondere geschwisterliche Zuneigung zu Alma zu sprechen kommt. Aber er fühlt sich gekränkt, dass Beate hat glauben können, was Johann sagte, bzw. dass Beate den Unterschied zwischen der familiären Verbundenheit und seiner Liebe zu ihr nicht erkennt.
- Der Abschluss könnte die Bitte sein, miteinander zu reden, was er sich nach allem, was sie erlebt haben, nur wünsche. Auch am Ende ist eine Grußformel (»Dein dich liebender Friedrich«) vorstellbar.

Aufgabe 2: Einordnung einer Textstelle / Erläuterung ihrer Funktion

Arbeitsauftrag:
1. Ordnen Sie das 7. Kapitel in die Romanhandlung ein.
2. Erläutern Sie die Funktion dieses Kapitels für das Verständnis des Romans.

Vorbemerkung:

Eine Aufgabe wie diese bietet die Chance zu zeigen, dass man sich in längeren Erzähltexten zurechtfindet, und zu erläutern, wie ein Puzzleteil (eben eine Textstelle) auf seine Weise zum Gesamtbild beiträgt. Der sogenannte Operator »Einordnen« reorganisiert also einen Sachverhalt und stellt ihn in einen übergeordneten Zusammenhang. Es ist das mittlere Niveau von den drei Anforderungsstufen in Prüfungen. »Erläutern« zählt auch zum mittleren Niveaubereich. Allerdings sind die beiden Operatoren mitunter im Grenzbereich zum höchsten Niveau, da man ja eine Entscheidung über den Stellenwert einer Textstelle fällen muss und es gilt, das Romanganze dabei zu bedenken; ganz zu schweigen davon, dass man seine Ergebnisse sprachlich gut darstellen möchte.

Denkbare Lösungshinweise in kurzer Andeutung

- Wie stets bei Aufsätzen der Fall, sollte eine Gliederung mit einer Einleitung, dem Hauptteil und dem Schluss bzw. einem zusammenfassenden Fazit erkennbar sein. Als Einleitung für den Aufsatz, der beide Aufgaben zusammenfassen kann, dient ein sogenannter Basissatz mit den Punkten Autor, Titel, Textsorte, Erscheinungsjahr und -ort, übergeordnetes Thema; folgend wird der Zweck des Aufsatzes erwähnt. Beispiel: Im Folgenden soll das 7. Kapitel des Romans *Der große Sommer* (erschienen im Jahr 2021 im DuMont-Verlag) von Ewald Arenz in den Kontext der Gesamthandlung eingeordnet werden. Anschließend gilt es, die Funktion der Textstelle zu erläutern.

- Im Hauptteil wird die Lage der Textstelle im Roman erwähnt. Beispiel: Das 7. Kapitel liegt deutlich im ersten Siebtel des Romans und fällt mit dem Kursivdruck sofort ins Auge. Lediglich einmal zuvor hat es zu Beginn des 2. Kapitels eine ähnlich lange, kursiv gedruckte Passage gegeben, die dem Lesepublikum nach dem 1. Kapitel zeigt, dass es einen anderen Erzählzusammenhang gibt. Spätestens mit dem 7. Kapitel werden die Dinge eindeutig: Der Ich-Erzähler Frieder selbst ist es, der viele Jahre später als mittlerweile erwachsener Mann auf einem Friedhof umhergeht, weil er ein bestimmtes Grab sucht.
- Anschließend sollte kurz das für das Verständnis der Textstelle notwendigste vorherige Geschehen skizziert werden (Frieders Situation am Ende des Schuljahres).
- Dann fasst man den Inhalt des 7. Kapitels ebenfalls kurz zusammen.
- Nun kann die Funktion des 7. Kapitels für den Roman

erläutert werden. Dabei wird wohl zu erwähnen sein, dass dieses Kapitel – zusammen mit den anderen Passagen im Kursivdruck des Romans – den äußeren Erzählrahmen bildet. In ihm blickt der Ich-Erzähler viele Jahre später auf diesen besonderen Sommer des Jahres 1981 zurück und erinnert sich an die turbulenten Ereignisse. Diese werden im sog. inneren Rahmen als eigentliches Geschehen genau erzählt. Die Bedeutung des Sommers legt der Ich-Erzähler Frieder selbst fest: Dieser Sommer machte ihn erwachsen und es gibt anscheinend kein Ereignis danach, das den damaligen Erlebnissen ebenbürtig wäre.

- Im Schlussteil des Aufsatzes kann man Bilanz ziehen und die Bedeutung des 7. Kapitels hervorheben (Klärung des inneren und äußeren Erzählrahmens, der Entwicklungsschub hin zum Erwachsensein).

Aufgabe 3: Interpretation einer Textstelle

Arbeitsauftrag: Interpretieren Sie die folgende Textstelle vor dem Hintergrund der Romanhandlung. Gehen Sie dabei beispielhaft auf die sprachlich-erzählerische Gestaltung ein.

Textstelle: S. 179 (»Großvater kniete schon neben dem Kopf des Tigers im Stroh«) bis S. 181 (»Wir beide hatten einem Tiger in die Augen gesehen«).

Vorbemerkung:

Der sogenannte Operator »Interpretieren« gehört in die Königsklasse im Umgang mit Literatur und damit in den höchsten Anforderungsbereich. Um etwas zu interpretieren, muss man zuvor die relevanten literarischen Gestaltungsmittel fachsprachlich benennen, um aus ihnen die übergeordnete Deutung abzuleiten. Deshalb wäre es streng genommen überflüssig, in der Aufgabenstellung noch auf die sprachlich-erzählerischen Mittel zu verweisen. Es hat sich aber eingebürgert, im Sinne einer Hilfestellung darauf aufmerksam zu machen, damit man es nicht vergisst und nicht vorschnell abschließt.

Es bietet sich ein Aufsatz mit der bewährten Gliederung aus Einleitung, Hauptteil und Schluss an. Insgesamt gilt es, die Funktion bzw. die Wirkung eines Gestaltungsmittels zu erklären. Es gibt viele gute Bücher, die einem helfen, Literatur zu interpretieren. Ich empfehle die Lektüre z. B. eines Buches von Bernd Matzkowski.[39]

Denkbare Lösungshinweise in knapper Form

- Eine Hinführung zur Aufgabe mit einem Basissatz (s. vorherige Aufgabe) ist als Einleitung notwendig. Beispiel: Wann wird man eigentlich erwachsen? Auf diese Frage wird man wahrscheinlich unterschiedliche Antworten bekommen. Eine gibt der Protagonist

39 Vgl. Bernd Matzkowski, *Wie interpretiere ich? Grundlagen der Analyse und Interpretation einzelner Textsorten und Gattungen mit Analyseraster*, Hollfeld 2011 [E-Book, PDF-Datei]. Es gibt auch Druckausgaben früherer Auflagen, meist gebraucht zu erhalten.

Friedrich Büchner im Roman *Der große Sommer* von Ewald Arenz aus dem Jahr 2021 (erschienen im DuMont-Verlag), der im Rückblick seine Sommerferien im Jahr 1981 als 16-Jähriger als die Zeit beschreibt, in der er erwachsen wurde. Im Folgenden soll eine Textstelle dieses Romans exemplarisch interpretiert werden.

- Daran anknüpfend kann man den Hauptteil des Aufsatzes mit einer knappen Einordnung der Textstelle im Roman beginnen. Stichworte wären: 23. Kapitel, die Beziehung mit Beate ist fortgeschritten, die Zeit des Lernens für die Nachprüfung beim strengen Großvater Walther hat sich als überraschend angenehm und lehrreich herausgestellt, Walther lädt Frieder und Beate ein, mit ihm einen todkranken Tiger im Zoo zu untersuchen.
- Der analytische Teil greift die Analyseaspekte Wortwahl, Syntax, literarische Mittel, erzählerische Mittel auf. Bei der Untersuchung der Wortwahl eines literarischen Textes gilt es, auf Schlüsselstellen und Schlüsselworte zu achten, die zum Gesamteindruck beisteuern; dazu kann auch der Blick auf Verhaltensweisen zählen. Hier fällt zunächst auf, wie über die Beschreibungen des Tigers die von ihm ausgehende Gefahr vermittelt wird, auch wenn er vorübergehend betäubt ist. Er ist »viel größer« (S. 179) als erwartet. Mit weiteren Adjektiven wird der Körperbau näher beschrieben (»mächtigen Hinterlauf«, »mächtigen Körper«, »riesigen Schädel«, S. 179 f.). Frieder kann nicht fassen, wie schwer allein der Vorderlauf des Tigers ist (»Unglaublich«, S. 180). Im Gegensatz zur Gefahr der Situation wegen der schwierig zu berechnenden Betäubungszeit (»Man weiß nie, wie lange

es wirkt«, S. 181) steht das mutige, scheinbar angstfreie Verhalten Beates, Frieders und auch Walthers. Alle betreten den Käfig ohne erkennbares Zögern und Beate »hockte sich hin und fuhr mit der Hand über sein Fell, obwohl Großvater gesagt hatte, wir sollten es nicht tun« (S. 179). Auch Frieder fasst das gewaltige Raubtier an; beide assistieren dem Großvater bei der Arbeit, der das ohne weitere Worte akzeptiert, als wären sie im Ärzteteam. Selbst, als der Tiger langsam erwacht und sie ansieht, bleiben beide beherrscht und ruhig. Sie gehen »an dem Tiger vorbei zur Metalltür« (S. 180). Mehrfach wird das Partikelwort »beide« verwendet, was Frieder und Beate über ihre Liebe hinaus auch charakterlich verbindet (beide sind unerschrocken).

- Der Satzbau der Textpassage ist auffallend kurz gehalten. Gehäuft hat man einen einfachen parataktischen Satz von geringer Länge, was die Spannung unterstreicht, da Aussage auf Aussage folgt. Mitunter bis zur dramatischen Spannungssteigerung durch einen Einwortsatz (»Mich. Beate«, S. 180).
- Die literarischen Mittel sind bewusst übersichtlich gehalten und tragen zur Spannungssteigerung bei. Anaphern bzw. der Parallelismus im Satzbau (»Er hob sich. Er senkte sich.«, S. 180) intensivieren das Gefühl der drohenden Gefahr, dem alle standhalten. Dazu kommen Wiederholungen (»Wir hatten einem Tiger in die Augen gesehen. Wir beide hatten einem Tiger in die Augen gesehen«, S. 181).
- Erzählerisch wird das Geschehen durch den erlebenden Ich-Erzähler dargeboten, sodass ein hoher Grad

der Unmittelbarkeit gegeben ist. Man fühlt sich als Leser praktisch in den Tigerkäfig versetzt. Die nahezu zeitdeckende Erzählweise trägt dazu bei. Durch die Konzentration auf die Außenperspektive (das äußerlich wahrnehmbare Geschehen) bzw. durch den weitgehenden Verzicht auf die Darbietung der Gedanken oder Gefühlsregungen bleibt es einerseits dem Lesepublikum überlassen, sich auszumalen, was es bedeutet, in einem Tigerkäfig zu sein. Das ist aber auch nicht nötig: Das Geschehen ist hochintensiv erzählt.

- In der Gesamtdeutung wird auf die charakterliche Wesensgleichheit der Familie Büchner hinzuweisen sein. Tatsächlich wird Beate stillschweigend durch diese Episode in die Familie Büchner integriert: Sie ist ebenso mutig wie Frieder und selbstredend der Großvater Walther. Walther hat sie eingeladen mitzukommen und sie damit symbolisch als Frieders Partnerin akzeptiert.
- Die Hundeepisode aus Frieders Kindheit (S. 108 f.) wiederholt sich in gesteigerter Form, nimmt Beate mit in die Familie auf und schweißt alle zusammen; Walther hat Frieder ja mit der Hundeepisode endgültig in sein Herz geschlossen (hier einmal mehr, zusammen mit Beate). Diese Szene gewinnt fast die Qualität einer seltsamen Verlobung Frieders und Beates, was durch die Tatsache bestätigt wird, dass Beate und Frieder sich auch nach offenbar vielen Jahren nicht getrennt haben (41. Kapitel, äußerer Erzählrahmen). Die Tigerepisode ist damit von zentraler Bedeutung für Frieders Entwicklung in diesem *»große[n] Sommer«* (S. 41), wie er ihn selbst nennt.

11. Literaturhinweise/Medienempfehlungen

Benutzte Textausgaben

Ewald Arenz: Der große Sommer. Roman. Köln: DuMont, [6]2023.

Ewald Arenz: Der große Sommer. Stuttgart: Klett, 2024.

Empfehlenswerte Webseiten

www.literaturport.de/lexikon/ewald-arenz [Biografisches über Ewald Arenz.]

https://ewald-arenz.de [Offizielle Homepage des Schriftstellers Ewald Arenz.]

www.wikipedia.de [Mittlerweile die erste Anlaufstelle für Recherchen und zitierfähig, da inhaltliche Kritik angegeben ist und der öffentlichen Diskussion überlassen wird. Es ist an der Zeit, die Vorbehalte einzustellen.]

www.projekt-gutenberg.org [Das Projekt sammelt gemeinfreie Werke in verlässlicher Edition und bietet diese kostenlos an. Nach dem 70-jährigen Urheberschutz sind Werke allgemein zugänglich.]

www.jstor.org [Portal für die Recherche nach digitalisierten Aufsätzen und Büchern.]

https://archive.org [Eine der weltweit größten Online-Bibliotheken.]

www.germanistik-im-netz.de [Germanistik im Netz ist ein Informations-, Recherche- und Serviceportal, das gut vernetzt ist.]

Geschichtlicher Hintergrund

Beevor, Antony: Berlin 1945. Das Ende. Aus dem Engl. übertr. von Frank Wolf. München: Bertelsmann, 2002.

Herrmann, Ulrich (Hrsg.): Deutsche Geschichte. Vom Mittelalter bis zur Berliner Republik. Aktual. und erg. Ausg. Stuttgart: Reclam, 2024.

Kershaw, Ian: Achterbahn. Europa 1950 bis heute. Aus dem Engl. von Klaus-Dieter Schmidt. Bonn: bpb, 2020.

Roberts, Andrew: Feuersturm. Eine Geschichte des Zweiten Weltkriegs. Aus dem Engl. von Werner Roller. Bonn: bpb, 2019.

Wehler, Hans-Ulrich: Deutsche Gesellschaftsgeschichte. Bundesrepublik und DDR. 1949–1990. Bonn: bpb, 2009.

Andere Literatur

Becker, Sabina / Hummel, Christine / Sander, Gabriele: Literaturwissenschaft. Eine Einführung. 2., erw. und aktual. Aufl. Stuttgart: Reclam, 2018.

Becker, Udo: Lexikon der Symbole. Mit über 900 Abbildungen. Freiburg i. Br. / Basel / Wien: Herder, 1998. [Empfehlenswerte Zusammenstellung.]

Biedermann, Julia / Undank, Sabrina: *Der große Sommer.* Berkheim/Illerbachen: Krapp & Gutknecht, 2024. [Lehrerhefte bzw. Schülerarbeitshefte mit Materialien.]

Gansel, Carsten: Moderne Kinder- und Jugendliteratur. Vorschläge für einen kompetenzorientierten Unterricht. Berlin: Cornelsen, [8]2019.

Hillmann, Heinz / Hühn, Peter: Der Entwicklungsroman in Europa und Übersee. Literarische Lebensentwürfe der Neuzeit. Darmstadt: Wissenschaftliche Buchgesellschaft, 2001.

May, Yomb: Kompaktwissen XL. Abiturwissen Deutsch. 2., verb. und erw. Ausg. Stuttgart: Reclam, 2018. [Prägnantes Überblickswerk.]

Pfeiffer, Joachim / Schönau, Walter: Einführung in die psychoanalytische Literaturwissenschaft. 2., aktual. und erw. Aufl. Stuttgart/Weimar: Metzler, 2003.

Rothmann, Kurt: Kleine Geschichte der deutschen Literatur. 20., durchges. und erw. Aufl. Stuttgart: Reclam, 2014.

Ruffing, Reiner: Deutsche Literaturgeschichte. 3., überarb. und aktual. Aufl. Paderborn: Wilhelm Fink, 2021.

Wucherpfennig, Wolf: Deutsche Literaturgeschichte. Von den Anfängen bis zur Gegenwart. Stuttgart/Leipzig: Klett, 2010.

Interview mit Ewald Arenz, 28. 4. 2024

In der Literaturwissenschaft haben die Begriffe Adoleszenzroman oder Coming-of-Age-Roman ihren festen Platz. Der Roman »Der große Sommer« wird diesem Genre zugeschrieben. Manche verbinden damit Werke, die sich an ein junges Lesepublikum wenden, andere denken an Literatur, die sich sozusagen unterhalb der Erwachsenenliteratur einsortiert. Viele begeisterte Bewertungen Ihres Romans »Der große Sommer« kommen nun von älteren Lesern bzw. Leserinnen, die mit einer gewissen Wehmut an ihre eigene Jugend zurückdenken oder die ganz einfach gerne gute Bücher lesen. Taugt ein Begriff wie Coming-of-Age-Roman eigentlich etwas?

Ich würde den Begriff »Entwicklungsroman« vorziehen. Natürlich gibt es so viele Romane, die sich genau mit diesem Alter beschäftigen – wohl einfach, weil es so prägende Jahre sind – aber genau aus diesem Grund sollten es Romane für alle Altersgruppen sein. Ich habe nicht an Jugendliche gedacht, als ich den Roman geschrieben habe. Wenn er aber von ihnen gelesen wird, dann macht mich das froh, weil ich über die Jahrzehnte hinweg auch noch die Jugend erreiche.

Der britischen Schriftstellerin Phyllis Dorothy James wird das folgende Zitat zugeschrieben: »All fiction is largely autobiographical and much autobiography is, of course, fiction.« Bitte nehmen Sie Stellung.

Für mich stimmt das fast immer. Ich kann nicht über etwas schreiben, das ich entweder nicht selbst erlebt habe oder bei dem ich als Beobachter sehr nah dran war. Aber vor allem in »Der große Sommer« ist wirklich sehr viel Autobiographisches. Ich war ein miserabler Schüler und habe fünfzehn Jahre bis zum Abitur gebraucht … von den Verweisen mal ganz abgesehen.

Bitte gewähren Sie einen kurzen Einblick in den Entstehungs- und Schreibprozess Ihres Romans »Der große Sommer«.

Meine Grundidee war, von dieser besonderen Zeit der »ersten Male« zu schreiben, die man ja nur einmal im Leben bewusst hat. In der Zeit zwischen dreizehn und achtzehn erlebt man so viele Dinge bewusst das erste Mal: Die erste Liebe, den ersten Kuss, die erste Zigarette, den ersten Rausch ... das wusste ich schon damals als Jugendlicher und dachte: Wie wird es sein, wenn es diese ersten Male nicht mehr gibt? Damit war das Thema gesetzt.

Ich schreibe sehr regelmäßig; ritualisiert fast. Wann immer es mein Zweitberuf als Lehrer zulässt, schreibe ich vormittags von acht bis halb eins. Ich entwerfe Dialoge und Figuren und Handlungen fast ausschließlich im Kopf und mache nur wenige Notizen. Und die Arbeit an diesem Roman hat etwa ein Jahr gedauert. Im Leben nicht hätte ich als sechzehnjähriger Junge geglaubt, dass ich jemals so lange an etwas schreiben würde ...

Ruinieren die in der Schule üblichen Interpretationen und Aufsätze über Literatur den Heranwachsenden die Freude am Lesen?

Ja, ich fürchte schon. Lesen soll Freude machen. Manchmal ist es auch Arbeit, wie alles, das am Ende große Befriedigung bietet. Aber diese Arbeit soll einem nicht abgenommen werden; genauso wenig wie die Freude am eigenen Entdecken. Aber das Sprechen über das Leseerlebnis, das sollte viel mehr gepflegt werden. Eine echte, kluge Unterhaltung über das Gelesene – das wäre schön. Ich hätte mir das als Schüler öfter gewünscht, obwohl ich tatsächlich auch Freude am Aufsatzschreiben hatte. Aber so gesehen bin ich auch ein wenig seltsam.

12. Zentrale Begriffe und Definitionen

Anapher: Wiederholung mindestens eines Wortes am Beginn aufeinander folgender Sätze.

➤ S. 96, 150

Ellipse: Auslassung von Wörtern oder Satzgliedern innerhalb eines Satzes.

➤ S. 95

Erzähler- und Figurenrede: Darstellungsweise des Erzählers oder der beteiligten Figuren. Dazu zählen Bericht (Darstellung von Abläufen), Reflexionen, Beschreibungen, direkte Rede (unmittelbare Gespräche), indirekte Rede, erlebte Rede (Wiedergabe von Gedanken oder Gefühlen in der 3. Person), innerer Monolog, Bewusstseinsstrom.

➤ S. 73–75

Erzählform: Autor und Erzähler sind in Erzählungen nie identisch; der Erzähler ist eine Kunstfigur. Es gibt zwei Erzählformen: der Ich-Erzähler oder der Er-/Sie-/Es-Erzähler. Die Art der Erzählvermittlung bezeichnet man als ➤ Erzählsituation oder -verhalten oder (auktorial, personal oder neutral).

➤ S. 74

Erzählperspektive: Die Außenperspektive umfasst alles äußerlich Wahrnehmbare (Eindrücke, Aussehen), die Innenperspektive die innerlichen Vorgänge (Gefühle, Gedanken).

➤ S. 74 f.

Erzählsituation oder -verhalten: beschreibt die Art und Weise der Erzählvermittlung. Auktoriales Erzählverhalten erkennt man an allwissend wirkenden Formulierungen des Erzählers, Vorausdeutungen oder Rückblicken und Wertungen; personales Erzählverhalten ist durch eine in der Erzählwelt beteiligte Figur erkennbar, über die alles dargestellt wird; neutrales Erzählverhalten ist eine Extremform, in der der Erzähler nicht greifbar erscheint und wie eine Kamera mit Mikrofon alles vermittelt und keinerlei Wertungen oder Innensicht vorkommen.

➤ S. 73–75

Hypotaxe: Satzgefüge, Unterordnung eines Nebensatzes unter einen anderen Satz.

➤ S. 94–96

Klimax: (siehe ➤ Stilmittel) stufenartige Steigerung von Ausdrücken, die mit einer Zuspitzung oder einem Höhepunkt endet.

➤ S. 105

Metapher: (siehe ➤ Stilmittel) bildhafte Übertragung mindestens eines Wortes in einen anderen Bedeutungszusammenhang.

➤ S. 51

Motiv: bedeutungstragendes, vorerst nicht genau festgelegtes Element in einem Text, wobei die Kette von Motiven den Stoff formt. Motive können in einem Werk wie in der Musik wiederholt anklingen und das inhaltliche Geschehen prägen.

➤ S. 60 f., 76–91

Parallelismus: (siehe ➤ Stilmittel) identischer Aufbau von Satzeinheiten.

➤ S. 96, 150

Parataxe: Satzreihe, Nebenordnung von (Haupt-)Sätzen.

➤ S. 94, 150

Personifikation: (siehe ➤ Stilmittel) Vermenschlichung von Dingen.
➤ S. 95

Polysyndeton: Satzbau, bei dem mehrere Sätze oder Satzteile mit einer Konjunktion verbunden werden, hier »und«.
➤ S. 96

Stilmittel: (z. B. Metapher, Parallelismus usw.) leicht online recherchierbar oder in Überblicksdarstellungen (z. B. May, *Abiturwissen Deutsch,* ab S. 225).
➤ S. 95 f.

Symbol: (siehe ➤ Stilmittel) anschauliches Zeichen, das Abstraktes vermittelt.
➤ S. 58, 76–91, 94, 125

Trikolon: Satzgefüge, das aus drei Teilen besteht, dreigliedrige Aufzählung.
➤ S. 105

Zeitgestaltung: Die erzählte Zeit bezeichnet die Dauer der erzählten Handlung, die Erzählzeit die Dauer für das Erzählen oder Lesen der Handlung. Das führt zu zeitraffendem Erzählen (ein erkennbar längeres Geschehen wird verkürzend erzählt), zeitdeckendem Erzählen (Erzählzeit und erzählte Zeit sind deckend, in Gesprächen der Fall) und zeitdehnendem Erzählen (sehr ausführliches Erzählen einer Begebenheit, die erkennbar nicht so lange dauert).
➤ S. 73 f.